王都烈焰

王都烈焰

亚尔斯兰战记

①

〔日〕**田中芳树** 著

杨雅雯 译

人民文学出版社
PEOPLE'S LITERATURE PUBLISHING HOUSE

著作权合同登记号：01–2019–0634

《OUTO ENJOU ARSLAN SENKI 1》
©Yoshiki Tanaka [1986]
All rights reserved.
Original Japanese edition published by Kobunsha Co., Ltd.
Publishing rights for Simplified Chinese character arranged with Kobunsha Co.,
Ltd. through KODANSHA LTD., Tokyo and KODANSHA BEIJING CULTURE
LTD. Beijing, China.

图书在版编目（CIP）数据

亚尔斯兰战记. 1 / (日) 田中芳树著；杨雅雯译
. —— 北京：人民文学出版社, 2021
ISBN 978-7-02-014999-5

Ⅰ.①亚… Ⅱ.①田… ②杨… Ⅲ.①长篇小说 – 日
本 – 现代 Ⅳ.①I313.45

中国版本图书馆CIP数据核字(2019)第019409号

责任编辑　卜艳冰　　李　殷
装帧设计　汪佳诗

出版发行　人民文学出版社
社　　址　北京市朝内大街166号
邮政编码　100705
网　　址　http://www.rw-cn.com

印　　制　山东新华印务有限公司
经　　销　全国新华书店等

字　　数　80千字
开　　本　880毫米×1230毫米　1/32
印　　张　6.5
版　　次　2021年4月北京第1版
印　　次　2021年4月第1次印刷

书　　号　978-7-02-014999-5
定　　价　39.00元

如有印装质量问题，请与本社图书销售中心调换。电话：010-65233595

主要登场人物

亚尔斯兰……帕尔斯王国第十八代国王安德拉寇拉斯三世之子

安德拉寇拉斯三世……帕尔斯国王

泰巴美奈……安德拉寇拉斯三世之妻、亚尔斯兰之母

达龙……追随亚尔斯兰的万骑长。人称"战士之中的战士"

那尔撒斯……追随亚尔斯兰的前戴拉姆领主，未来的宫廷画家

奇夫……追随亚尔斯兰，自称"旅行乐师"

法兰吉丝……追随亚尔斯兰的女神官

耶拉姆……那尔撒斯的侍童

伊诺肯迪斯七世……入侵帕尔斯的鲁西达尼亚王国国王

吉斯卡尔……鲁西达尼亚国王之弟

波坦……效忠于鲁西达尼亚国王的依亚尔达波特教大主教

戴银面具的男子……隶属于鲁西达尼亚军的谜之男子

身穿深灰色衣服的魔道士……？

撒哈克……蛇王

帕尔斯王国年代记

帕尔斯历三〇一年，第十六代国王哥达尔塞斯驾崩，享年六十一岁。王太子欧斯洛耶斯即位为第十七代国王，史称欧斯洛耶斯五世。

帕尔斯历三〇三年，欧斯洛耶斯五世封王弟安德拉寇拉斯为大将军，命其灭亡国境线东南的巴达夫夏公国。巴达夫夏大公卡尤马尔斯自尽，其妻泰巴美奈被安德拉寇拉斯俘获，带回帕尔斯王都叶克巴达那。

帕尔斯历三〇四年，第十七代国王欧斯洛耶斯五世突然驾崩，享年三十岁。王弟兼大将军安德拉寇拉斯即位为第十八代国王，史称安德拉寇拉斯三世。

帕尔斯历三〇五年，安德拉寇拉斯三世立泰巴美奈为王妃。

帕尔斯历三〇六年，安德拉寇拉斯王与泰巴美奈王妃诞下王子，赐名亚尔斯兰。

帕尔斯历三一〇年，特兰王国派兵自北方边境入侵，被击退。

帕尔斯历三一一年，亚尔斯兰王子被正式册立为王太子。

帕尔斯历三一二年，特兰王国再度从北方入侵，又被击退。

帕尔斯历三一三年，密斯鲁王国自西方入侵，曾一度逼近王都叶克巴达那，但最终被帕尔斯军击败。

　　帕尔斯历三一五年，特兰联合辛德拉、邱尔克组成三国联军，由东北方、东南方、正东方兵分三路入侵，被帕尔斯军击败。

　　帕尔斯历三二〇年，来自西北方的鲁西达尼亚王国军灭掉帕尔斯盟国马尔亚姆，并入侵帕尔斯王国。安德拉寇拉斯三世亲率大军于亚特罗帕提尼平原迎战。王太子亚尔斯兰初登战场，时年十四岁……

马尔亚姆

达尔邦内海

特兰

巴休尔山

戴拉姆

邱尔克

叶克巴达那　　大陆公路

迪马邦特山

培沙华尔城

帕尔斯

密斯鲁

旧巴达夫夏

辛德拉

帕尔斯

目 录

第一章　亚特罗帕提尼会战

I

太阳早已悬挂在东方的天空上，阳光却无法穿透笼罩整片平原的茫茫雾纱。时值十月中旬，秋日阳光略显黯淡，沉沉无风。这片在帕尔斯难得一见的浓雾，丝毫没有散去的迹象。

帕尔斯国王安德拉寇拉斯三世之子亚尔斯兰，抬手轻轻拍了拍稍显不安的马儿。即将迎接自己的第一战，他心中也有些焦躁不安，但是如果连坐骑都安抚不好，出战就更不用想了。

话虽如此，但这是何等浓重的大雾啊。层层叠叠缓缓起伏的平原、遥远北方若隐若现的终年积雪的群山，都完全从视野中消失了影踪。

马蹄声从亚尔斯兰的右侧传来，一位全副武装的年老骑士随之出现。帕尔斯王国的大将军巴夫利斯虽然已经六十五岁了，但身材在连年策马征战、狩猎的锻炼下仍然健壮。

"王太子殿下，原来您在这里。请不要离国王陛下的大本营太远了，这么大的雾，万一迷了路可就糟糕了。"

"巴夫利斯，这场大雾不是对我方很不利吗？"

亚尔斯兰的头盔缝隙间闪烁着一双仿若清澈夜空的眼睛，朝年老的骑士问道。

"无论是浓雾还是黑暗……"

巴夫利斯爽朗地笑了起来。

"或是暴风雪，都无法阻止帕尔斯骑兵全速进军，请您毋需担心。殿下您应该也知道，自从殿下的父王——安德拉寇拉斯王即位以来，我们帕尔斯军一直都是常胜不败之师。"

十四岁的王子无法全盘接受老人的这份自信。老人刚才不是还说，万一迷路就糟糕了吗？亚尔斯兰的坐骑，也对浓雾感到焦躁不安。如果受大雾影响行进速度降低的话，骑兵队不就失去特有的优势了吗？

"真是的，殿下比我这个老头子还爱操心啊。帕尔斯八万五千骑兵对亚特罗帕提尼的地形都了如指掌，而鲁西达尼亚的那帮蛮族正好相反，他们长途跋涉了四百法尔桑（约两千公里）远道而来，并不熟悉我国地形。那些蛮族混账根本是千里迢迢跑到异国他乡自掘坟墓来了。"

亚尔斯兰把玩着悬挂在右侧腰间的短剑剑柄，随即停下手来问道：

"就在不久前，马尔亚姆王国才刚刚被鲁西达尼亚人灭掉。对鲁西达尼亚人而言，马尔亚姆不也是遥远的异国吗？"

老人正准备回答这个较真的王子，浓雾中突然又浮现出另一位骑士的身影，对老人大叫。

"大将军巴夫利斯大人，请尽快到大本营来！"

"就要开战了吗，卡兰大人？"

中年骑士用力摇了摇头，带动头盔上的红色穗子也晃来晃去。

"不是。是您的侄子惹上大麻烦了。"

"达龙？"

问出口的是亚尔斯兰王子。老人则捋着有如终年积雪的银白胡须，皱起眉头沉默着。

"是的，就是这样，殿下。国王陛下大发雷霆，说要罢免达龙大人的万骑长一职。达龙大人可是我国屈指可数的勇士……"

"是战士中的战士。我知道。"

"开战在即却发生这种事，全军的士气都会动摇的。大将军，请您尽快前往大本营去劝劝陛下。"

"真让人头疼啊，达龙这家伙。"

老人虽然低声咆哮着，声音中却掩饰不住对侄子的怜爱之情。在卡兰的带领下，亚尔斯兰和巴夫利斯策马踏过雾水浸湿的草原，奔向安德拉寇拉斯王所在的大本营。

帕尔斯国王安德拉寇拉斯三世，时年四十四岁。他蓄着浓密的黑色胡须，眼神锐利，周身洋溢着以即位十六年来常胜不败为傲的武将风采。身材魁梧，肩宽背厚。十三岁击败狮子，获得狮子猎人的称号，十四岁踏上战场，得到以战士自称的资格。赫赫战功正与执掌帕尔斯全军——十二万五千骑兵和三十万步兵的身份颇为相称。

然而此刻，这位国王却在位于大本营的豪华丝绸营帐中气得全身发抖。在他面前，跪着一名全副披挂的青年，此人便是大将军巴夫利斯的侄子，帕尔斯全军中仅有的十二名万骑长之中最年轻的一位——二十七岁的达龙。

万骑长，顾名思义，就是统率一万名骑兵的将军。帕尔斯军中有着重骑兵而轻步兵的传统。骑兵中的军官是骑士、士兵是平民，然而步兵中的军官却只是平民，士兵则是奴隶。一旦成为万骑长，在军中的地位就仅次于王族。

达龙年仅二十七岁就升到了万骑长。仅凭这一点，就能想象到他有多么骁勇善战。

"达龙，我真是看错你了！"

国王怒吼着，用手中的马鞭狠狠抽打着帐篷的柱子。随从们全被他的气势吓得全身发抖。

"威名远扬特兰和密斯鲁的你，什么时候被胆小鬼的幽灵附身了？竟能从你的嘴里听到撤退之类的字眼。况且现在还没开战呢……"

"陛下，臣不是因为怯懦才提议撤退的。"

达龙终于开口。从头盔到铠甲再到军靴，他周身皆是清一色的漆黑装束，只有披风内侧仿若被落日余晖染上一片深红。他那张被晒得黝黑的年轻面庞线条锐利而紧致，即使以美男子来形容也不为过，然而比起装饰着宝石的丝绸礼服，一身铠甲显然更适合他。

"身为战士却逃避战斗，这不是怯懦又是什么？"

"陛下，请您深思。我们帕尔斯军悍勇无匹，这可是各国皆知的。既然如此，为什么鲁西达尼亚军反而刻意在有利于骑兵战的平原上布下阵来迎战我军呢？"

"……"

"臣窃以为，他们一定设下了什么陷阱。何况还有这么大的雾，连自己军队战友的行动都难以全盘掌握。臣只是提议暂时先将我军撤退至后方，回到王都叶克巴达那前重新布阵，为何却被您当作怯懦呢？"

安德拉寇拉斯王露出了伤人的嘲笑。

"达龙，你的嘴什么时候比弓箭还厉害了。那些不熟地形的鲁西达尼亚蛮族又能布下什么陷阱？"

"更具体的臣就不得而知了。只是，倘若鲁西达尼亚军中有我国的人，便不能断言他们对地形一无所知。"

国王瞪着年轻的战士。达龙毫不畏惧地迎上那足以令随从们为之颤抖的灼灼目光。

"你说会有帕尔斯人协助鲁西达尼亚的那些蛮族？这不可能。"

"不，虽然您不相信，但臣认为有这种可能性。一旦被虐待的奴隶们逃走，为了复仇，他们或许就会协助鲁西达尼亚军。"

国王突然扬起马鞭，带着呼啸的风声一鞭抽上了达龙的胸甲。随从们都屏住了呼吸。

"你说奴隶会怎样？对啊，我说你怎么变得这么牙尖嘴利了，我看你是被混账的那尔撒斯那些无聊的歪理邪说给洗脑了吧。你忘记那个冒失鬼已经被逐出王宫，禁止和宫中的文武百官来往了吗？"

"臣没有忘记，陛下。这三年来，臣一次都没有和那尔撒斯见面。虽然他是臣的朋友……"

"管那种冒失鬼叫朋友，你还真敢说……"

国王咬牙切齿地说道。愤怒使他失去了身为一国之君的分寸。他将马鞭掷落在地，拔出镶着宝石的佩剑。随从中胆小一点的人已经低声惊呼出口，众人都以为达龙要命丧剑下了。幸好国王还不至于失去理智到那种地步。他伸出剑尖，挑飞了达龙左胸甲上佩戴的一枚小小的黄金勋章。这是一枚被设计成狮子头形状的勋章，是只有大将军和万骑长才被允许佩戴的荣誉勋章。

"撤掉你的万骑长！没有剥夺你战士和狮子猎人的称号，已经是最低限度的恩典了！"

达龙一言不发地把视线落在地毯的花纹上，铠甲下颤抖的肩头却丝毫掩藏不住战士名誉受到不当损害的愤怒。安德拉寇拉斯王收剑回鞘，恶狠狠地指着营帐门口。

"快滚，别再在我面前出现。"

帐篷门摇了摇。达龙仍然站在原地没有动。出现在国王手指的方向的，是亚尔斯兰王子一行三人。

II

看着走进营帐的王子和大将军,安德拉寇拉斯王的表情愈发阴沉。他一瞬间就明白了自己的儿子和重臣慌慌张张赶来所为何事。

"父王……"

亚尔斯兰的声音,被一堵高于自己音量十倍的无形墙壁反弹了回来。

"我又没叫你,你自己跑来干什么?这不是你该插手的事。先给我回去好好担心你自己的战功去!"

这种比起呵斥更接近拒人千里之外的语气引起了亚尔斯兰的反感。父王说的话本身倒是没错,可是为什么要用这种让人反感的方式说出来呢,实在令人费解。明明对母后泰巴美奈说话时是那么温柔,甚至有些宠溺。

帕尔斯军中,在国王安德拉寇拉斯和大将军巴夫利斯之下,共有十二名万骑长,分别是沙姆、克巴多、夏普尔、加尔夏斯夫、卡兰、奇斯瓦特、马努契尔夫、巴夫曼、克夏耶达、克尔普、海尔以及达龙。其中奇斯瓦特和巴夫曼镇守在东部边境,沙姆和加尔夏斯夫驻守在王都叶克巴达那,其余八名万骑长则随国王和大将军一同参加亚特罗帕提尼会战。这八名万骑长各自率领一万名骑兵，再加上有"不死队"之称的国王亲卫队五千骑兵，总计八万五千名骑兵，与步兵一同在亚特罗帕提尼平原上布下阵地。

亚尔斯兰身为王太子，未来终有一天将会登基为王，居于众人之上。然而此刻身份与职权无关，他只是一名被分配了一百名左右骑兵的区区下级军官而已。当然，以第一次上战场，仅是指挥部下就已经很辛苦了，更何况那些人，与其说是部下更像是来负责监督他的。在这样的情况下，父王听自己一句进言又有何妨呢……

看到亚尔斯兰哑口无言，巴夫利斯站了出来。然而，他先做出了一个举动。他大步流星走到侄子面前，扬起手就在那年轻的面庞上落下一记耳光——尽管手下已经有所留情。

"没规矩的东西！竟敢和对你有大恩的陛下顶嘴，也不先想想自己的身份！"

"伯父大人，我什么都——"

达龙刚要张口辩白，又是一记耳光落在脸颊上。他长叹一口气，沉默着对国王深深低下头。巴夫利斯也屈膝下跪，向国王深施一礼。

"陛下，请让臣这把老骨头代不肖侄儿向您赔罪。还请您慈悲为怀，宽恕老臣侄儿的罪过吧。"

"够了，巴夫利斯。"

国王声色中透出明显的不悦。他完全看破了老人对侄子看似斥责，实为巧妙保护的手段。当然，这也挽救了安德拉寇拉斯王的名誉。如果放任两人冲动继续争执下去，也许后果不堪设想。

"达龙！"

安德拉寇拉斯王没有一丝好气地对依然低着头的年轻骑士说道。

"我不会收回撤掉你万骑长这句话，但可以给你一个官复原职的机会。你就作为隶属于大本营的骑士出战，看你立下的战功再考虑让你将功赎罪。"

"谢陛下厚恩，臣感激之情无以言表。"

国王都没有瞟一眼从嗓子里努力挤出回答的达龙，便朝营帐最深处走去。突然他又停下脚步，把冰冷的视线投向亚尔斯兰。

"你还在啊。"

"儿臣现在就走，请父王放心。"

正如其言，亚尔斯兰立刻走出了营帐。父王龙颜不悦，他自己又何尝痛快。很显然，安德拉寇拉斯王是在体谅巴夫利斯的立场，可是为什么不能也稍稍体谅一下身为王太子的自己呢？

从身后追上来的达龙颇有歉意地弯了弯腰。

"给殿下带来这么大的麻烦，还望殿下宽恕。"

"没关系，你只是说出了事实而已。对吧？"

"是的，卡兰大人也是这样认为的。臣并无意推卸罪责给他人，但当初提议我向陛下献上谏言的就是卡兰大人。"

原来如此，亚尔斯兰点了点头，但他的注意力早已被此刻不在这个战场上的某个人吸引了。

"达龙，那尔撒斯是个什么样的人呢？"

"他是我的朋友。在我所知的范围里，再没有人像他那么足智多谋了。"

"说什么呢？那只是个古怪的家伙。"

年迈的大将军一句话便否定了侄子的评价。达龙抗议般地看向他。

"伯父大人不是也认可他，承认他的智谋冠绝全国吗？难道您是胡说的吗？"

"老夫是说他性格有问题，不是说他头脑不好。"

看着面前这对争吵起来的叔侄，些许羡慕之情涌上亚尔斯兰的心头。他忍不住想，倘若父王也能和自己这样坦率而温馨地交谈该有多好。亚尔斯兰觉得自己不便插入他们中间，便独自掉转马头离去。

大将军朝着王子远去的背影行了一礼，继续说教起自己的侄子。

"达龙，进谏也要看看时机吧？陛下好不容易才认可了你的功绩和才华，任命你为万骑长了，你却让一切前功尽弃，是不是太鲁莽了？"

"您说得一点不错，进谏确实要注意时机。但等到吃了败仗再说可就来不及了。"

对国王和王子说话时，达龙不得不斟字酌句，但是面对自己的伯父时就毫无顾忌了。

"首先，伯父大人，这场战斗结束之后我不一定还活着。我可还没厉害到变成幽灵之后还能向陛下进谏……"

年迈的大将军冷哼了一声：

"又说这种讨人厌的话。那尔撒斯也和你一样，一旦觉得自己没错，就开始说些不讨人喜欢的话了。"

达龙还想再说些什么，但似乎觉得争不过伯父，便默默闭上了嘴。老人突然话锋一转。

"达龙，老夫被任命为大将军，已经十六年了。"

"我出生的时候，您就已经是万骑长了。"

"是啊，时间确实也不算短了。你看，我胡子都全白了。"

"可是您的声音仍然很洪亮啊。"

"你这小子可真不会奉承人啊。算了，我也觉得差不多该把位子让给年轻人了。"

达龙眨了眨眼。伯父的话题太过跳跃，让他有点跟不上。老人没有在意侄儿的困惑，轻轻地说了下去。

"帕尔斯王国的下一任大将军将是你。我在此次出征之前，已经这样向留守王都的王妃殿下禀报过了。"

达龙愕然地看着伯父：

"诚然荣幸，但此事最终还是要取决于陛下的圣意。何况今天还发生了这种事情，无论伯父大人如何进言，陛下都是不可能采纳的吧。"

"你说什么啊，陛下当然会采纳的。他对你的实力可是了若指掌的。"

老人轻轻打了个哈欠。

"对了，达龙。"

"嗯？"

看着伯父又有什么话要说，达龙不由得绷紧了身体。

"和亚尔斯兰王子久别重逢，你觉得王子殿下的容貌如何？"

"殿下生得一表人才。再过上两三年，王都的贵族小姐们一定会为他痴狂吧。不过，伯父大人……"

"你觉得王子长得更像国王还是王妃呢？"

面对连珠炮般的追问，达龙微微有些困惑。容貌的美丑，明明不是成为一国之君不可或缺的条件之一，伯父却为何会如此介怀这一点呢。

"一定要说的话，更像王妃吧。"

准确来说，达龙觉得王子长得根本不像父王安德拉寇拉斯三世，但是出于身为人臣的自觉，他并不愿明说。

"原来如此，不像国王陛下是吗？"

察觉到侄儿的想法，大将军点了点头。如果长得像父王，应该会拥有线条更加粗犷、更加精悍的面容吧。随即大将军继续说道：

"达龙，你可以宣誓对亚尔斯兰殿下效忠吗？"

直至方才还身为万骑长的年轻战士惊讶地迎上伯父的目光。

事关国运的关键一役开战在即，伯父的态度中却藏着太多隐情。

"我原本就无论何时都会效忠于帕尔斯王家。现在您又要我宣誓……"

"是说对殿下本人，达龙。"

"我知道了，既然伯父大人希望这样……"

"你能对剑起誓吗？"

"以此剑为誓。"

明确地表明了态度，达龙紧绷的脸上浮现出一丝苦笑。他觉得伯父在这件事上有点执拗过头了。

"还不放心的话需要我写一份保证书给您吗，伯父大人？"

"不用，你肯宣誓就够了。"

巴夫利斯甚至没有苦笑，只是表情严肃地郑重说道。达龙见状也不由得失去了挖苦的心情。

"我只希望你能够站在亚尔斯兰殿下身边支持他。有你一人，足以胜过万千铁骑。"

"伯父大人……"

达龙忍不住提高了音量。正因为是敬爱的伯父提出的要求，他才会接受，但他应该也有提出疑问的权利。

就在此时，号角声穿过浓雾在他们耳畔响起，战幕就此开启。巴夫利斯以丝毫不显老态的气势策马驰向大本营，而达龙终究还是没能来得及问清伯父真正的意图。

III

安德拉寇拉斯王走出营帐，骑马前往阵地前沿。如此威风凛凛又仪表堂堂的一国之君，在别国一定再难找到了——他身边的群臣都为此感到无比自豪。身为泱泱大国帕尔斯的君主，同时又是常胜不败的猛将，近邻诸国的王侯们都对这位正值壮年的国王敬畏有加。

巴夫利斯向他深施一礼，开始报告。

"骑兵八万五千人，步兵十三万八千人，已悉数做好迎战准备。"

"敌军兵力有多少？"

年迈的大将军催促着全权负责侦察的万骑长卡兰，卡兰恭恭敬敬地向国王答复。

"仅据推测，敌军应有骑兵两万五千到三万人左右，步兵八万到九万左右。他们在马尔亚姆王国登陆时的兵力大约是这个数字。"

"经过了连番征战，想必数量还会再减少一些吧？"

"又或许他们会再从本国派兵增援，总数反而还会增加。"

唔——国王点了点头，看起来有些心不甘情不愿。这种时候，他期待得到的是更为准确、更具时效性的报告。说到底，当初是卡兰自己主动请缨担任前方侦察工作的，此前也都出色地完成了任务，所以这次才会再次把侦察工作全权委派给他。然而平素行事比达龙和巴夫利斯更为谨慎保守的卡兰，这一次却在国王面前展现出了极其积极的态度。

"话虽如此，在这么浓的大雾之中，根本看不清敌军的布阵。"

"陛下，请毋需担心。显而易见，敌人也看不到我方布阵，只要双方条件对等，我军毫无疑问将会取得胜利。"

卡兰的声音强而有力，安德拉寇拉斯王也随之颔首。在二十加斯（约二十米）之外勒马驻足的巴夫利斯，向他们投去略带担忧的视线，然而对话的音量却不足以传到老人的耳中。

"前方发现敌军！"

喊声由远及近此起彼伏，一直传到国王所在的大本营。负责传令的骑士飞马奔来，报告敌人的前锋部队正在前方八阿马距（约两千米）的地方蠢蠢欲动。

"前方就是巴休尔山所在的方向。那里被英雄王凯·霍斯洛的英灵护佑着，既没有断层也没有洼地。就算雾气再浓，也能驱马直冲过去。"

听着卡兰斩钉截铁的断言，安德拉寇拉斯王露出了满意的表情。正如他对达龙的慎重论调不屑一顾，他原本就是一员积极进攻型的猛将，全力展开猛烈攻势才如他所愿。不过，此刻达龙若是也在场的话，卡兰如此煽动国王可能会引起他的怀疑吧。

风向突变，雾气随之流转。亚尔斯兰在心中祈祷这是一个吉兆。只要大风吹散浓雾，亚特罗帕提尼这片广袤的平原就能一览无遗了。这将会对主要以骑兵构成的帕尔斯军十分有利。

然而，雾实在是太浓了。它只是随风摇曳，全无从平原上空散去的征兆。白茫茫的雾气中，达龙未带一兵一卒，单骑伫立在营地远处。那一袭黑衣的身影，深深刻在了王子的脑海之中。

安德拉寇拉斯王的声音穿透了浓雾的幕纱，朗朗传来。

"帕尔斯的历代君王啊！圣贤王夏姆席德、英雄王凯·霍斯洛，以及其他各位君王的英灵啊！请保佑我军吧！"

"……请保佑我军吧！"

营地中的骑士们跟随着君王呼喊起来，喊声激荡起波纹，传到更远处的帕尔斯军阵地中。国王高举起强健的右手，用力向下一挥，吼声震天响起，帕尔斯军展开了突击。

八万铁骑一同冲锋。马蹄的轰鸣，正如字面一般几乎撼动了地轴。

雾气流淌在狂奔的人和马匹的隙间。甲胄彼此碰撞，发出清脆的声响，骑兵们高高举起的剑和长枪被雾水打湿，闪闪发光。

若看到帕尔斯骑兵这番集体突击的景象，敌军早在开战前心头就会被恐惧和败北感攫获，在帕尔斯军排山倒海袭来的刀光剑影下，如草芥般纷纷被斩杀。再浓的雾也掩盖不住马蹄的震天轰鸣，徒有马蹄声传来却不见人影，反倒在敌军心头更添了一层恐怖。

帕尔斯军在浓雾的尽头看到了胜利的降临。只是，他们的幻想在一瞬间被打破了。行进在大军最前方的骑士们，发现大地突然从坐骑的脚下凭空消失了。慌乱的叫声四处响起。骑士们纷纷拉紧缰绳，然而为时已晚，他们从断崖边被抛到空中，旋即落下。

第一列被第二列推下断崖，第二列又被第三列推下断崖。骑士和马匹竞相发出凄厉的惨叫，此起彼伏。

巨大的断层在他们前方张开了血盆大口。那是亚特罗帕提尼平原上最大的一条断层，全长超过一法尔桑（约五公里），宽度有三十加斯（约三十米），深度则达到了五加斯。帕尔斯军最精锐的人马一层叠一层落入这道天然战壕，溅起高高的泥水。先落下的人即使摔断了骨头也仍在奋力挣扎，但此时却又有新的牺牲者从上面落下，砸在他们身上。惊惶和狂乱笼罩了帕尔斯全军。终于有些幸运的人勉强站起身，却闻到一股异味，方才意识到沟底那层足以没过膝盖的黏稠的半液体状物原来是油。一阵战栗席卷了他们的全身。

"小心！这里有油，他们打算朝我们放火！"

叫声未落，火焰便蹿到半空中，形成了一道火墙。敌人射出了带火的箭矢。事先撒在平原各处的油被同时点燃，火舌吞噬了帕尔斯军。

浓雾之中，火焰组成了数百个彼此相连的圆环，每个火环中都困住了数百名帕尔斯骑兵。总计八万有余的骑兵队被分割包围，失去了自由和统一行动的能力。火焰透过雾纱，将帕尔斯军所在的位置清晰地暴露在鲁西达尼亚军面前。这一切都只在瞬息之间。

"停下，停下！"

帕尔斯骑士们拼命试图稳住被火惊吓得狂奔乱跳的坐骑。马匹的嘶吼、狂乱的蹄声和骑士们的怒吼声混在一起，而其中又掺杂进了新的声音。

那是无数箭矢从天而降的声音。

帕尔斯军的指挥官们大声咆哮着命令全军躲避。然而，骑士们已经无法执行命令了。在骑兵队的正前方，长达一法尔桑的火墙阻挡着他们的前进之路。而左侧、右侧和后方，又有连绵无尽的火环夺去了他们行动的自由。火墙中不断传出人和马匹被活活烧死的惨叫。

鲁西达尼亚军准备了数百台高度约有普通人五倍的塔车，从塔车上向地面上的火环中射出雨点般密集的箭矢。从高处瞄准被夺去行动自由的敌军张弓放箭，命中率高到令他们觉得这是一种有趣的游戏。单方面的杀戮持续进行着，被烈火和鲜血染红的帕尔斯军服一片一片铺满了平原的野草。

然而，终究还是有一部分帕尔斯军骑兵突破了烈火、浓烟和大雾的屏障，出现在了鲁西达尼亚军面前。既然怎样都是一死——骑兵们抱着这种决心，依仗着精湛的骑术，纵马跃过火墙。失败的人落进火中，活生生化作一团火球。成功的人也多半被烈火灼伤。还有很多人连坐骑一起裹着火球跟跟跄跄地冲出来，却就此精疲力竭倒地身亡。

在近邻诸国间以常胜不败为傲的帕尔斯骑兵队，仿若被雷雨冲垮的大群泥偶般一片接着一片倒在地上。数万人的生命、数万人的荣耀、堂堂一国的历史，在箭雨和白雾之中，即将化作尘土。亚尔斯兰伸手拍灭袖子和披风上燃起的火苗，一边被烟雾呛得直咳嗽，一边大叫着。

"父王！达龙！巴夫利斯！"

没有任何声音回答他。

突破烈火重围的帕尔斯骑兵们，不顾披风仍在燃烧，继续挥剑冲锋。鲁西达尼亚的骑兵也上前迎击。

正面激烈冲突的结果，完全是一面倒的。无论是骑术，还是马上的剑术，鲁西达尼亚军都丝毫不是帕尔斯军的对手。帕尔斯骑兵的剑锋上吸满鲜血，如秋风扫落叶般将鲁西达尼亚士兵纷纷斩杀。先前阵亡的帕尔斯士兵尸体之上，又接二连三地铺满了鲁西达尼亚士兵的尸体。

"帕尔斯军竟如此强悍。若是正面迎战，我军绝无丝毫胜算。"

在被三层栅栏和战壕掩护起来的鲁西达尼亚军阵地里，蒙菲拉特将军轻声自语。站在他身边的另一位将军波德旺点了点头。胜利正在逐渐降临，他们脸上却笼罩着一层难以言喻的寒霜。

在他们的眼前，帕尔斯骑兵的尸体正一层层越堆越高。这些帕尔斯骑兵冲破了鲁西达尼亚骑兵的攻势，一路斩杀到敌阵前，却无法突破三层栅栏和壕沟，正在不知所措之时，箭雨从塔车上兜头射下，他们纷纷连人带马倒下，气绝身亡。

当层层叠叠的死尸堆积到快要和栅栏一样高的时候，鲁西达尼亚军的喇叭声嘹亮地响起。那是全军反攻的信号。栅栏大门开启，毫发无伤的鲁西达尼亚军仿若一股盔甲的洪水，奔流着涌向平原。

"卡兰在哪里？"

安德拉寇拉斯王大声怒吼，愤怒和不安使他的五官变得扭曲了。在战场上，安德拉寇拉斯王永远充满自信和勇气，这一点从他在先王时代作为大将军征伐巴达夫夏时起一直持续至今，从未改变过。然而，他的勇猛之刃却在今天第一次出现了裂痕。正因他从不知败北为何物，这次才更令他恐惧。

听到国王的怒吼，卡兰麾下的一名千骑长也不由得缩起了脖子。为保持国王和卡兰的紧密联系，他领命常驻在大本营。

"万、万骑长从刚才就不见了。臣和其他人也一直在找他……"

"找到他给我带过来！找到之前不要在我面前出现！"

"遵命。"

千骑长全身沐浴着国王的怒火，鞭打着自己的爱马飞奔离去。目送着他的背影，安德拉寇拉斯王牙缝中漏出低沉的怒骂。是卡兰报告说前方没有断层，主张展开全面攻势的。正因为听信了他的建议，才落得这番惨烈的下场。

"卡兰这混账，莫非叛变了吗？"

听到国王充满怀疑的低语，巴夫利斯没有回答，只是驱马走向营地边缘。达龙回头望向伯父。他将长枪横在鞍桥上，按在长枪上的手焦急地微微颤抖着。

"该到你出阵了，达龙。"

大将军轻轻按了按侄儿的手臂。

"国王陛下由老夫来保护，你快去找亚尔斯兰王子。"

"王子不见了？"

"他在突击的先锋部队里，我很担心他。说不定已经来不及了，你快去保护他吧。陛下的怒火就由我来承受。"

"好的，伯父大人，我们叶克巴达那再见。"

达龙行了一礼，轻轻拍了拍黑马的脖子，掉转了方向。年迈的大将军目不转睛地凝视着侄子的背影，直到他消失在浓雾织成的天幕尽头。

IV

刀枪在雾气中迸发出一道道闪光，仿若雷电撕裂夏日乌云。四处燃起殷红浑浊的火焰，掀起带着焦臭的阵阵热浪。

年轻的黑衣骑士不由得深深怀疑自己是否比起勇敢更接近莽

撞，竟然试图在这片无边无垠又混乱至极的战场上找出一个人。

"亚尔斯兰殿下！您在哪里！"

数声呼唤过后，达龙全身漆黑的铠甲已被鲁西达尼亚士兵溅起的鲜血染得斑驳。离开国王的大本营后，他已经记不清有多少鲁西达尼亚军士兵成为了自己的枪下亡魂，唯一知道的是，没有人能在他面前撑过三回合。

达龙扫视着左右，随即将视线停在了一点上。在一百加斯（约一百米）外，他看到了一张熟悉的面孔。那是万骑长卡兰。然而，卡兰那张熟悉的脸上却带着一种令他陌生的表情。

看到达龙走近，卡兰一语不发地单手举起，周围的骑士一同将枪尖指向达龙。达龙知道，他们并不是帕尔斯骑士，而是鲁西达尼亚骑士。

"这是怎么回事，卡兰大人？"

质问的同时，达龙已经从卡兰的脸上读出了无声的回答。卡兰并非把敌军误认为己方，也并没有发疯。他认出了达龙，但他却指挥着鲁西达尼亚的骑士。达龙深吸一口气，又吐了出来。

"你叛变了吗？卡兰！"

"这不是叛变。正因为我真心为帕尔斯王国着想，才会参与把安德拉寇拉斯拉下台的行动。"

卡兰并没有使用陛下这个敬称，而是直呼国王的名字。了然的光芒从达龙眼中一闪而过，他沉声道：

"是吗？我懂了。在开战前建议我向陛下进言撤退，那是为了让我激怒陛下，从而被革去万骑长的职位——这才是你的目的吧。"

卡兰放声大笑。

"没错，达龙。你并不是一个有勇无谋的白痴。正因如此，才绝不能让你指挥多达万人的骑兵。无论你多么骁勇，只靠单枪匹马也是无法左右战况的。"

昂然自得的卡兰突然停下了他的如簧巧舌。达龙扬起长枪，跃起黑马，向他袭来。

守在卡兰身边的一名鲁西达尼亚骑士跃起灰白色战马应战。他挥舞起手中与帕尔斯长枪形状相异、中央带有护手的长枪，向达龙刺去。

瞬间两道闪电交错。鲁西达尼亚骑士手中的长枪掠过达龙的头盔刺了个空，达龙的长枪则贯穿了对方的咽喉，连同穗子一起从脑后刺出。骑士连人带枪滚落地面。

此时达龙早已拔出长剑，熠熠剑锋仿若冬日清晨的第一道阳光闪过。转眼间，下一个袭来的鲁西达尼亚骑士连首级带头盔拖起一道鲜血的彗尾飞上空中。

"不许动，卡兰！"

将第三名骑士斩落在地，再回手一记反击，血沫溅起，第四个骑士也被从马鞍上扫落。当初将整个马尔亚姆王国毁灭在天劫地火中的鲁西达尼亚骑士们，在达龙精湛的剑术面前，就像幼童一般苍白无力。失去了骑手的马儿一匹匹向浓雾深处狂奔而去。

"你背叛了国王陛下，又欺骗了我。现在你就要为这双重罪责付出代价！"

仿若呼应着骑手的愤怒，黑马长啸一声，径直朝着卡兰猛冲过去。

其余鲁西达尼亚骑士奋不顾身地试图阻挡达龙的突袭。或许他们的勇气值得赞扬，只是这份勇气的代价是他们的生命。达龙丝毫没有减缓前进的速度。刀光剑影交织在卡兰前方，刃锋相撞的声音凌厉地回荡在空中，大地不断地吸噬着新鲜的血液。随即卡兰发现自己和达龙之间已经再也没有一个人影。向自己高高举起的染血长剑映入了他的眼帘。

卡兰原本也是一名身经百战的勇士，然而达龙的骁勇善战远远超越了他的想象，况且背叛祖国仍使他良心不安。他方寸大乱，突然掉转马头落荒而逃，达龙的长剑砍了个空。

二人疾驰在浓雾的涡流之中。背叛了国王却依然端坐万骑长之位的人，与尽忠于国王却被剥夺了万骑长之位的人，缠斗着横穿过平原的一角。卡兰一边逃命一边应战，和达龙交战了十来回合。从未有人能连续招架达龙的斩击这么久。突然，卡兰的坐骑前腿一折，把他甩落在地。剑从卡兰手中飞了出去，他从地上跳起，双手护着头部，沙哑着声音向达龙竭尽全力大喊。

"等一下，达龙，听我解释！"

"事到如今你还有什么可说的？"

"等一下，倘若得知实情，你也一定不会责备我的做法。听我说——"

达龙手中长剑左右翻飞。并不是为了斩杀卡兰，而是为了格挡开朝自己射来的箭矢。待到短暂却急骤的箭雨停下时，卡兰只留下了一个狂奔着冲进鲁西达尼亚弓箭队的背影。看着约有五十余人，正重新张弓搭箭袭来的敌军，达龙放弃了追击，掉转马头。

"无论何时都能干掉他。"

达龙对自己说道。他还肩负着伯父托付的重任。必须从混战中救出亚尔斯兰王子，把他带回王都叶克巴达那。绝不能被一时激动冲昏头脑，葬身在这种地方。

几十支箭射向达龙策马离去的背影，但没有一支命中。从复仇者的剑下成功救回卡兰，鲁西达尼亚弓箭队的任务就已经完成了。

V

不同于国王，大将军巴夫利斯曾有过吃败仗的经验。年迈的武将向表情僵硬的安德拉寇拉斯轻声说道：

"国王陛下，这场战斗我们已经无法取胜了，请尽快撤退吧。"

国王瞪着大将军暴跳如雷。堂堂帕尔斯国王，又是大陆公路的守护者，岂能轻易逃之夭夭。自己身为武人可没有那么恬不知耻！

"陛下，您忘记了吗？几年前密斯鲁大军入侵时，我们凭借着叶克巴达那的城墙，最终将他们击退。为了明日的胜利，今日还请暂且忍辱负重。"

眼下仍有骑兵两万人、步兵四万五千人驻守在王都叶克巴达那，国内其余各地也尚余骑兵两万人、步兵十二万余人。再加上目前战场上的残兵余勇，若能集合起这些兵力，重整旗鼓，应该还足以与鲁西达尼亚军抗衡。

作为一位军事家，安德拉寇拉斯王自然做得出这种程度的推测。然而他不仅是一国之君，同时还肩负着大陆公路守护者的荣耀。

大陆公路。这是一条以帕尔斯王国为中心点，向东西方各自延伸八百法尔桑（约四千公里），连结起广袤大陆两端的通商之路。这条通商之路以及通过此路的商队，都受到帕尔斯王国的庇护，他们向国王缴纳通行税支撑着帕尔斯王国的繁荣。而能做到这点，不也全靠强盛的帕尔斯军一直保持不败战绩至今嘛。

老将军不断劝说着国王。然而，直到王妃泰巴美奈的名字传到国王耳中的一刻，他的固执才被全线击溃。守护着王都的王妃该怎么办，难道要让她落入敌人的魔掌吗——听闻此言，国王终于下定撤退的决心，并将其付诸行动。只是，并非全军一同撤退。

"国王逃走了！安德拉寇拉斯三世逃走了！"

一片混乱和血海之中，这个消息如同旋风一般迅速席卷了整个战场。原来，卡兰的部下随时都在监视着安德拉寇拉斯王的一举一动。陷入苦战的帕尔斯军战意明显低落了下来。

"我们还在拼上性命战斗，统率我军的国王居然已经临阵脱逃。帕尔斯的军旗已经被玷污，再也无可挽回了。"

身为万骑长之一的夏普尔，摘下沾满血污和泥泞的头盔，狠狠砸在地上。尽管如此，他对国王仍留有一份敬意，然而还有人比他更加激烈地表达着自己的失望之情。

"不干了不干了，我们到底在为谁打仗啊。谁要把命献给那种丢下部下逃命的主君啊。"

独眼的克巴多挥舞起大剑，一边甩落剑刃上的鲜血，一边朝部下们咆哮。部下们慌乱不安地面面相觑。

"克巴多，你说什么呢？"

夏普尔驱马走近他身边，大喝道。

"你身为万骑长，竟然唆使士兵放弃战斗！国王有国王的责任，我们不也有我们的任务吗？"

"保卫国家，首先是国王的义务。只有履行了义务，国王才拥有作为一国之君的权威。现在国王已经无法再称作国王了，而我们也一样。你刚才不是也气得摔掉了头盔吗？"

"不，是我太轻率了。仔细想来，陛下应该也不是逃亡，而是返回王都叶克巴达那，重整军势以图再战吧。你身为臣下，倘若再敢侮蔑国王，就算是战友我也决不会原谅！"

"哦？有意思，要怎么决不原谅啊？"

克巴多眯起他的独眼。

克巴多今年三十一岁，按年纪在十二名万骑长之中排行倒数第三，仅比达龙和奇斯瓦特年长。他五官棱角分明，划过左眼的一字形伤痕令人印象深刻。毋庸置疑，他是一员骁勇强悍又擅长用兵的猛将。然而，无论他立下多高的战功，宫中总有一部分人对他的评价极低，这也是由于他总是吹牛的缘故。据他本人声称，他是在远方边境的卡夫山中和长着三个头的恶龙战斗时受伤失去左眼的，而他也在三个龙头上各刺瞎了一只眼睛，让恶龙付出了相应的代价。"现在三头龙已经变成三眼龙了哦。"当他这样说的时候，有一些缺乏幽默感的人会皱起眉头，嫌他太过轻浮。

夏普尔今年三十六岁，和克巴多正相反，是个极其古板正经的男人。不知两人自己是否也意识到了这一点，据说，在十二名万骑长排成一队的时候，他俩总是分别站在队伍两端。

总而言之，两位勇猛善战无人能敌的万骑长，正把手放在剑柄上怒瞪着彼此。帕尔斯骑兵们皆愕然失色，然而就在杀气即将到达临界点之时，"敌人来袭！"的叫声突然响起。看到鲁西达尼亚骑士成群袭来的光景，克巴多掉转了马头。

"你要逃吗，克巴多？"

被同僚如此责问，独眼的万骑长啧啧道：

"确实很想啊，可是不击退那些敌军就连退路都没有了。等我收拾掉那些家伙，再好好和你谈谈身为臣下应尽的责任。"

"好啊，过几天可别说你不记得了。"

夏普尔狠狠瞪了他一眼，便跑去指挥部下了。

"不会忘的，只要我们还有几天的话。"

克巴多轻声自语，听不出是认真还是玩笑。随即，他转头朝向自己的部下们。

"嗯，还剩一千骑兵，这样就还能再想点办法。好事的人尽管跟我来吧！"

安德拉寇拉斯王一行人试图撤离战场，只可惜事与愿违。当他们走在密尔巴兰河岸边的小路上，听着刀剑的铿锵之音逐渐远去，以为自己已经从战场成功脱身时，远远飞来一箭正中一名骑士的面门。骑士惨叫翻滚着，从马背上一头栽了下去。几乎与此同时，大群蝗虫般的箭雨轰鸣着从天而降。中埋伏了。

国王和大将军周围的人与马匹仿若脆弱的石柱般纷纷倒下，箭矢穿透了国王和大将军身披的铠甲，一直剜进皮肉。

当箭雨终于停下时，他们四周已经再没有其余生还者。一名骑士勒马停在二人面前，他身上穿着的并不是鲁西达尼亚军服，而是帕尔斯军服。然而比起他的衣着，另外一件东西完全夺去了国王和大将军的视线。

那是一个银色的面具，只有双眼和嘴巴的位置被镂空出细长的缝隙。它双眼的缝隙之中，正射出狞猛的寒光。

若在明亮的阳光下看到它，国王和大将军一定都会放声大笑起来。银色的面具给人留下一种过于戏剧性的印象，缺乏存在于现实中的实感。

然而此刻，灰白的浓雾遮住了阳光，一切景象都如同绢之国的水墨画般暗沉，映照得那面具也仿若由世间一切不祥之兆悉数凝结在一起冰冻而成。

"恬不知耻地丢下部下逃走了吗？安德拉寇拉斯，这真像你能做得出来的事。"

一串帕尔斯语从面具嘴巴位置的细缝中传来，声调令人闻之胆寒。

"陛下，请您快跑，这里就交由老臣来抵挡……"

身中五箭的巴夫利斯拔剑出鞘，驱马挡在国王和戴着银面具的男子之间。

银面具的双眼中迸射出骇人的光芒。那是充满愤怒和憎恶的目光。

"你这战败苟活下来的老东西！不要不自量力！"

男子的怒喝如雷声般落下。同时，他挥下闪着银光的长剑，一剑击碎了大将军的颅骨。

尽管巴夫利斯身负重伤又上了年纪，但银面具不给堂堂帕尔斯大将军丝毫反击余地，一剑将其斩杀，其剑术之精湛令人不禁屏息。

安德拉寇拉斯王失魂落魄地注视着年迈的忠臣重重摔落到地

面上。他握剑的手纹丝不动，方才穿透他手臂的箭似乎已经伤及了筋骨。失去了抵抗能力的国王像泥偶一样无力地坐在马鞍上。

"我不会杀掉你的。"

银面具背后，男子的声音颤抖着。不是恐惧，而是难以抑止的激动，在他的声音中激起了一片涟漪。和面对巴夫利斯时的反应简直是天差地别。

"我不会杀掉你的。我等待这一天已经等了足足十六年，怎能这么轻易便宜了你。"

男子打了个手势，五六个骑士立刻上前，把安德拉寇拉斯王从马上拖了下来。箭伤处传来剧烈的疼痛，但国王硬是忍住了。

"你是什么人？"

连人带铠甲都被粗皮绳紧紧绑住的安德拉寇拉斯低声呻吟着问道。

"你马上就知道了。马上就让你知道。还是说，安德拉寇拉斯啊，你造的孽已经多到被憎恨至此都猜不出对方是谁了吗？"

言词之间，混杂着像金属相互摩擦那样令人不舒服的杂音。那是他咬牙切齿的声音。戴着银面具的男子狠狠磨着牙，就像是要把长久以来那些忍辱负重的日子撕成碎片似的。

银面具发现旁观的部下们已经面无血色，便无言地掉转了马头。一行人簇拥着沦为阶下囚的安德拉寇拉斯王，没有一丝胜利的喜悦，在一片凝重的沉默中走在河岸的小路上。

VI

安德拉寇拉斯王离去后的战场上，血战依然无休止地持续着。平原各处的火势丝毫不见减弱，大火燃起滚滚浓烟的同时产生了风，在浓雾中毫无秩序地卷起漩涡。帕尔斯原本是一片阳光明媚、空气清澈的大地，然而现在似乎连天气都抛弃了这个国家。

鲁西达尼亚军乘势追击，连番展开进攻和杀戮，而帕尔斯军已经不再是为国王而是为守护自己的生命和名誉持续抵抗着。即使此时骁勇已经毫无意义，帕尔斯骑兵仍然是骁勇无敌的。鲁西达尼亚军不得不为胜利进军付出血的代价。自从踏出坚固的防御工事转守为攻之后，鲁西达尼亚军的阵亡人数几乎超过了帕尔斯军阵亡的人数。或许仅仅达龙一个人就该背负起鲁西达尼亚军一半的恨意也不为过。在血泊与烈火之中，达龙遇到了率领着一队骑兵的万骑长克巴多，简短地相互祝贺过平安后，达龙便开口询问：

"您见到过亚尔斯兰王子吗，克巴多大人？"

"王子？没看到过。"

克巴多冷漠地答道。他重新打量了一番年轻的骑士，狐疑地偏了偏头。

"你自己的部队怎样了？一万骑兵全部战死了吗？"

"我已经不是万骑长了。"

达龙的心情有些苦涩。克巴多虽然很想追问，却欲言又止，转而提议达龙和自己一同撤离战场。

"很抱歉，我向伯父承诺过，必须找到亚尔斯兰殿下。"

"那就带上我部下的一百名骑兵吧！"

达龙谢绝了克巴多的好意，再次单枪匹马飞奔离去。若有一万骑兵且另说，一百骑兵的规模反而只会徒然吸引敌人的注意，害得兵士们更加危险白白送命。

强风逐渐吹散浓雾，战场的惨状一览无余。尸体和尸体之间杂草丛生，杂草上染满了鲜血。达龙意识到自己的嗅觉已经被血腥、浓烟和汗臭麻痹了，但这不是靠自己的努力就能避免的。

前方突然出现了五个鲁西达尼亚骑士，这当然不是他所希望的。可能的话，达龙更想无视他们专心赶路，不过对方似乎对他产生了兴趣。毕竟论人数可是五对一，或许他被当成可以轻松玩弄于股掌之间的猎物了吧。

"那边有个帕尔斯的残兵败将一脸想找什么的样子转来转去啊。没地方可去的话，我们就动手给他带路吧。"

五个骑士用达龙听不懂的鲁西达尼亚语低声讥笑了一番，便举起枪一起跃马冲向达龙。

这一天成了这些鲁西达尼亚骑兵一生中最后一个厄日。达龙的剑为他们开辟出了通向天堂的近路。

当第四个人也被仰面斩落在血沫中时，达龙用余光瞟到了最后一个丢下剑仓皇逃窜的背影，但他无意继续上前追杀。失去了骑手的马儿漫无目地徘徊着，其中一匹马的鞍上绑着一个浑身是血的伤者。那是一名被俘虏的帕尔斯骑士。

达龙急忙奔上前去，跳下马，用剑切断绑住那个骑士的皮绳。

虽然不知道他的名字，但达龙对这张脸有印象。这名男子是万骑长夏普尔麾下的一名千骑长。达龙从马鞍上取下皮制的水壶，把水浇在男子满是血污和泥泞的脸上，男子低声呻吟着睁开了双眼。

在这名受了重伤的男子口中，达龙得知了亚尔斯兰王子的行踪。王子在寥寥几名骑士的守护下突破了烈火和浓烟的重围，一行人正奔向东方。男子痛苦地喘息着继续说道：

"万骑长之中，马奴契尔夫大人和海尔大人已经战死。我队主将夏普尔大人在乱箭和大火中身负重伤，目前生死未卜……"

听到战友的死讯，达龙心中一阵刺痛，但他的任务还没有完成。他把男子重新扶上马背坐好，把缰绳放进他的手中。

"我本想把你送到安全的地方，但我奉大将军之命，必须去寻找亚尔斯兰王太子殿下。你就靠自己的力量逃得越远越好吧。"

负伤者骑在马上会消耗大量的体力。然而即使如此，也不能把他留在战场上置之不理。鲁西达尼亚军会把敌军的伤者悉数残杀殆尽，达龙听说那是他们对神明信仰的证明。

达龙与男子分别后又策马前行了约一百加斯远，突然有种冲动驱使他回头望去。方才那匹马儿的背上已经空空如也。马儿伸长脖子，悲哀地用鼻子戳着蜷缩在地上的一团什么。达龙长叹了一口气，便不再回头，径直策马奔向东方。

亚尔斯兰身边已经连一兵一卒都没有了。原本父王就没有给他太多士兵。虽然好歹得到了独自行动的许可。父王明明初次上阵时便已统率骑兵五千，亚尔斯兰此时手下却只有骑兵百人。既然如此，就立下战功，靠实力被委以重任吧——他想。然而现实却是他在混乱和战火之中失去了所有部下，其中一半人已经战死，另一半也都在战场上失散了。他的披风被烧焦，长枪断成了两截，坐骑也疲惫至极，身体的每一个角落都很痛，连现在还活着都有些不可思议。亚尔斯兰叹了口气，把折断的长枪扔了出去。

正在此时，一个鲁西达尼亚骑士挥舞着长枪驱马飞奔而来。大概是看到亚尔斯兰颇有一国王子之风，又戴着黄金头盔，觉得自己遇到了一个不可多得的猎物吧。亚尔斯兰绷紧全身，拔剑迎战。

在最初的激烈交锋之后，亚尔斯兰的坐骑精疲力竭，沉沉地倒卧在地。亚尔斯兰就地翻滚了一圈，跳起来挥剑一闪，斩断了敌人从马上刺向自己的长枪枪尖。连他自己也吓了一跳，没想到自己能做到这个程度。但自己救了自己也是事实。

骑士扔掉变成了一根棍子的长枪，从腰间拔出长剑。

从骑士的口中冒出一串生硬的帕尔斯语。帕尔斯语是大陆公路上的通用语，受过良好教育的外国人多少都会说一点。

"真不简单，小子，再过上五年你说不定就能变成名扬帕尔斯全境的剑士。不过很可惜，今天你和帕尔斯都要完蛋了。剩下的修炼，就去你们这些异教徒该下的地狱再继续吧！"

讥笑之后是猛烈的斩击。亚尔斯兰勉勉强强隔挡开斜着砍过来的剑刃，然而从掌心一直传到肩头的冲击感却非同寻常。在这种感觉完全消失之前，第二剑又向他袭来。右、左、右、左，剑光不断闪烁着，亚尔斯兰几乎只靠本能和下意识，不断防御抵挡着敌人的攻势。

徒步与骑马的敌人交战非常不利，考虑到这一点，亚尔斯兰的善战已经堪称奇迹了。或许鲁西达尼亚骑士对自己的神怀有不信感，他明显很焦躁地怒吼了一声，突然让马儿高高扬起前蹄，打算用马蹄踩死亚尔斯兰。

正在此时，亚尔斯兰踉跄了一下摔倒在地，骑士确信自己就要成功了。下一个瞬间，马儿的前蹄踏在了地面上，骑士却被亚尔斯兰掷出的长剑刺穿了咽喉。

亚尔斯兰一屁股坐在地上，耳边只听到自己粗重的呼吸，直到飞速接近的马蹄声让他回过神来。他望向声音传来的方向，随即跳了起来，拼命挥舞双手。

"达龙！达龙，我在这里！"

"喔,殿下,您没事吧!"

全身黑衣的年轻骑士从黑马上一跃而下,屈膝跪在亚尔斯兰面前。在眼下的亚尔斯兰心中,再没有任何人能比面前这名黑衣骑士更可靠了。达龙的铠甲上染满了干涸的鲜血。到底是费尽了多少苦心才找到王子的呢。

"臣奉大将军之命,前来寻找殿下。"

"不胜感激。父王还平安吗?"

"臣以为,陛下身边有伯父和不死队跟随,应该已经平安离开战场了吧。"

达龙强压下心中的不安答道。

"国王陛下也担心着殿下您的安危。"

达龙说了谎。为让王子逃离战场,无奈之下只得出此权宜之策。然而,被那双色泽有如清澈夜空的双眼注视着,达龙瞬间有些退缩。

"再继续留在战场上也毫无意义了。就算为了体谅陛下的用心,也请殿下您先考虑自身的安危。"

"我明白。但要回到王都就需要再次横穿战场。就算以达龙的武勇,是否也太过勉强了呢?"

达龙早在心中准备好了答案。

"去找我的朋友那尔撒斯吧。目前他正隐居在巴休尔山中。我们先到他家住下,再伺机考虑返回王都的方法吧。"

王子偏了偏头。

"可是，据我所知，那尔撒斯和父王之间不是有过嫌隙吗？"

"是的。如果我军在今日一战中获胜，殿下作为战胜者去拜访那尔撒斯，他一定会闭门不见。然而，虽然要说幸好也有点不对，但我们现在是悲惨的战败者。"

"战败者……嗯，说得也是。"

亚尔斯兰的声音里带上了一丝阴霾，这也是理所当然的事情。

"所以他不会拒绝我们的。正如伯父所说，他是个性格古怪的家伙。应该很值得信赖。"

"可是，达龙……"

少年的声音和眼神中第一次流露出激动。

"战场上还有我军的士兵，难道要丢下他们逃走吗？"

达龙表情沉痛了下去。

"眼下已经无可奈何了，还请您日后再图复仇吧。留得青山在，不怕没柴烧啊。"

亚尔斯兰默默点了点头。

仍未散尽的雾气和急骤降临的夜色争相支配着这片大地。正因如此，亚尔斯兰和达龙才得以逃脱鲁西达尼亚军的追捕，在巴休尔山脉的茂密森林和溪谷之间消失了影踪。即使有人执着地想继续追上去，一想到达龙马蹄所向之处那堆积如山的尸首，也无法不感到胆怯。这一天，斩杀了鲁西达尼亚军无数名将的黑衣帕尔斯骑士，成为了鲁西达尼亚军的一场噩梦。

当半弦月升上天空，照亮平原上久久不曾散去的雾气之时，战争完全结束了。

鲁西达尼亚军仍在深夜月光下的战场上到处巡视，只要看到身负重伤的帕尔斯兵，就杀死这些无法反抗也无法逃脱的"异教徒"。这是神明和圣职者命令他们这样做的。异教徒只能以最残酷的死法，来偿还背叛"唯一绝对真神"的罪孽。若有人对异教徒还抱有一丝同情，就会被认为背叛了神的旨意，死后堕入地狱。或许还因为被血腥味迷失了心神，鲁西达尼亚士兵一边赞颂着他们的神明依亚尔达波特的荣光，一边斩断帕尔斯伤兵的咽喉，挖出他们的心脏。

帕尔斯历三二〇年十月十六日。这一天，在亚特罗帕提尼平原上，共有五万三千名骑兵和七万四千名步兵阵亡，帕尔斯失去了全国总兵力的半数。而获胜的鲁西达尼亚军也失去了总计五万名以上的骑兵和步兵，制造了那么有利的战况，让敌人陷进完美的陷阱，却仍然遭受到了如此巨创，这个事实令鲁西达尼亚军不禁惊愕悚然。

"竟有这么多人被神灵附体的国王和明明身为圣职者却嗜杀成性的欠天谴的家伙们害得不得不曝尸异国他乡。"

"这不是挺好的吗？他们可以去天堂，活下来的我们也可以支配丰饶的帕尔斯，支配大陆公路、银山和广袤的粮仓地带。"

脸上还带着血污的波德旺笑了起来，蒙菲拉特却仍然面无悦色，策马走向他们的国王伊诺肯迪斯七世所在的营帐。被挖出心脏的帕尔斯兵临死前的惨叫撕裂着夜空的宁静，蒙菲拉特不禁骇然。在他们之前灭掉的马尔亚姆王国，连儿童和婴孩都被活活扔进火里烧死。明明马尔亚姆王国并不是异教徒的国度，他们的国民和鲁西达尼亚人一样信仰着依亚尔达波特神，但只因为他们不承认鲁西达尼亚国王身为教会首长的地位，就被当成了"神的敌人"。

"那时的哀号直到现在都还回荡在耳边。神真的会对那些只因为是异教徒，就连婴孩都杀死的家伙降下祝福吗？"

但是，波德旺没有听到。他的注意力完全被从前方传来的、正和蒙菲拉特的阴郁相反的叫声吸引过去了。

"俘获帕尔斯国王了！"

数百名鲁西达尼亚兵像歌唱般的到处重复喊着同一句话。

第二章　巴休尔山

I

　　那是亚特罗帕提尼会战的五年前，帕尔斯历三一五年的事情。这一年，特兰、辛德拉、邱尔克三国结为同盟，率共计五十万大军攻破帕尔斯东部边境，开始入侵。特兰是帕尔斯历史上的宿敌，此前两国也曾数次交战，互有胜负。辛德拉自从巴达夫夏公国灭亡后，便与帕尔斯直接接壤，小规模纷争从未间断过。邱尔克则觊觎着帕尔斯在"大陆公路"上的交易权和征税权。

　　尽管各自心怀着不同的鬼胎，但在想把碍事的帕尔斯除掉这一点上三国的利益达成了一致，特兰从东北方，邱尔克从东方，辛德拉从东南方，预先密谋好同时侵入帕尔斯。素以豪勇为傲的安德拉寇拉斯王也无法维持冷静，立刻动员全军，同时命令国内各地诸侯率私人部队，前来王都叶克巴达那集结。

　　诸侯之中，面朝北方达尔邦内海的戴拉姆地区领主特欧斯，是国王的长年旧友。他允诺将率五千骑兵和三万步兵前来助阵，使得国王龙颜大悦。

　　然而，就在即将出兵之前，特欧斯不慎从自家宅邸的楼梯上摔下来，头撞在了石阶的一角，不幸亡故。听闻他的死讯，国王大吃一惊，但随即准许了特欧斯之子那尔撒斯继承领主之位。即使特欧斯去世了，戴拉姆的兵力对国王来说仍是很贵重的。

不久，那尔撒斯率军抵达王都叶克巴达那。国王起初的欣喜很快化作了愕然，并终于勃然大怒。那尔撒斯带来的兵力，就只有两千骑兵，五千步兵而已。国王的期待完全落空了。

"为什么不多带些兵来呢？你父亲可是向我承诺过的。"

"非常抱歉。"

时年二十一岁的年轻领主淡然地施了一个礼。国王竭尽全力才克制住怒火没有吼叫。

"你当然应该感到抱歉。我是在问你理由。"

"其实，臣把家中的奴隶全部释放了。"

"什么……"

"正如陛下所知，步兵全部由奴隶组成，所以臣的家中就没有步兵了。后来臣提出可以向愿意留下的人支付薪水，才总算凑出了五千人，臣把他们全数带来了。"

"那骑兵人数这么少又是怎么回事呢？"

"对臣失望至极，都从臣的身边离开了，这也是没有办法的事情。"

那尔撒斯用词十分慎重，神色却毫无一丝歉疚，说得满不在乎。

"确实没有办法，我很能理解他们的心情。"

原本，安德拉寇拉斯就是一个性急又刚愎自用的人。身材魁梧的他，把涌满全身的失望和不满化作灼灼目光，狠狠瞪向那尔撒斯。那是连身经百战的勇将看了都会心生怯意的目光，年轻的那尔撒斯却镇定地承受了下来。不仅如此，他还大言不惭地说出了一番令人怀疑他是否已经疯了的话。

"这样如何？若陛下愿意，臣可以用计让三国同盟军在您眼前撤退。"

"还真敢说大话啊。接下来肯定要说让我给你十万大军吧？"

"一兵一卒都不需要。只请陛下给臣一点时间。"

"时间？"

"是的。给臣五天时间，臣就能把他们全部赶出边境。当然，最终还是需要由陛下您动用武力。"

安德拉寇拉斯许可了这个年轻人的请求。与其说是相信他所说的话，不如说是想看看他失败时的狼狈。

年轻人带领着部下大约十人离开了阵地。很多人都说他一定是逃走了。安德拉寇拉斯也这样觉得，并且下定了没收戴拉姆地区、将其重新划作王室领地的决心。然而，谁也没想到，三天后那尔撒斯又返回了王都，并对国王提出了一个请求。他请求国王在俘获的三国同盟军俘虏之中，把辛德拉兵交由自己处置。安德拉寇拉斯再次许可了他的请求。因为大将军巴夫利斯建议他索性"一不做二不休"。

那尔撒斯接收了二千名辛德拉俘虏之后，便将他们全放走了。经历了一番苦战才抓回这些俘虏的武将们群情激愤，纷纷围住那尔撒斯，诘问他这样做的理由，连达龙的制止也无济于事。

那尔撒斯摆出一副毫不知情的样子，一名千骑长勃然大怒，拔出剑要和他决斗。胜负转瞬便见了分晓。众人眼中的文弱贵公子那尔撒斯，竟然不出五回合就把对方的剑击落在地。他随即对那些气焰被压下去的武将们大喝：

"现在是内讧的时候吗？今晚邱尔克军就会袭击辛德拉军，特兰军又会袭击邱尔克军，不快点做好全军出击的准备，可就来不及立下战功了哦！"

只有巴夫利斯和当时刚刚升任千骑长的达龙相信了他这番话。

那尔撒斯的预言极其准确地应验了，这一夜，三国同盟军之中爆发了激烈的内讧，帕尔斯军趁机一举击溃了敌人，达龙更是一刀把特兰国王之弟斩落马下，荣立了战功。

面对达龙的赞赏，那尔撒斯只是笑着答道：

"哪里，这只是很简单的道理。有时一句流言可以胜过十万大军。"

原来前三天，那尔撒斯本人连同他手下的士兵四处散布流言。看到邱尔克军就说"辛德拉军背叛了同盟，暗中与帕尔斯军互通款曲，证据就是最近一两天辛德拉军的俘虏将被全部释放"。对特兰军则说"邱尔克军已经私下和帕尔斯军勾结在一起了，最近就应该会以辛德拉军内通帕尔斯为借口，突然袭击辛德拉军。

不要相信他们"。

并且，他还向被释放的辛德拉军俘虏如是说道："其实我们帕尔斯的国王早已决定和你们辛德拉的国王握手言和，然而此事已被邱尔克和特兰察觉。小心不要被还以为是友军的家伙们从背后攻击哦。"

就这样，三国兵士各自心生疑窦、相互猜忌，同盟军从内部瓦解了。

总而言之，那尔撒斯的计策大获全胜，三国同盟军不攻自破，帕尔斯就此逃过一劫。因为这是不折不扣的事实，所以安德拉寇拉斯王也不得不重赏那尔撒斯，重新承认了他的领地继承权，并赐给他一万枚金币，任命他为王宫书记官。人们猜测他将来恐怕会平步青云，官至宰相。

但是那尔撒斯本人比起在规矩森严的王宫里效力，更希望在自己的领地悠闲随性地生活，只是国王不肯放行。至少此时此刻，安德拉寇拉斯还非常珍视他的才略和见识。那尔撒斯无奈，只得继续留在王都。

最初两年过得还算平稳，那尔撒斯和达龙一个作为文臣一个作为武将声名远扬。帕尔斯历三一七年，帕尔斯王国派遣修好使者前往东方尽头的绢之国，达龙被任命为使团一行人的护卫队长。曾学习过绢之国文化和历史的那尔撒斯对好友羡慕有加，设宴为他饯行。

正是在这个时期，安德拉寇拉斯王的统治开始出现了懈怠的迹象，官吏、神官和贵族们越来越恣意妄为、目无王法。

此时的那尔撒斯，已经对宫中的生活忍无可忍了。他调查政治实情，向安德拉寇拉斯王提出了各种改革方案，可是几乎全都石沉大海。比起治国理政，安德拉寇拉斯更热衷于战争。国库丰饶又没有外敌威胁，现在没必要冒着与神官和贵族为敌的风险特意进行改革。国王起初无视了那尔撒斯的改革提案，但不久后就无法置之不理了。因为神官们集体向国王请愿，要把那尔撒斯逐出王宫。

那尔撒斯查明了神官们利用地位和特权之便从事各种非法勾当的事实。神官不需要缴纳税金，就算犯了罪也不会被执法者定罪。

神官们违法向农民发放高利贷，如果农民无法偿还，就夺去他们的土地。他们垄断了地下水渠和蓄水池，向人们索取高额的用水费用，若是有人反抗，他们就派出私兵放火杀人，夺取被害者的财产中饱私囊。他们还在食盐里掺沙出售，私吞差价。一旦发现农民自己挖井，他们就向井中投毒。那尔撒斯查清了神官们的这些恶行，并收集好罪证，向国王要求严惩他们。

愤怒的神官们试图在那尔撒斯从王宫返回住处的途中将他刺杀，然而失败了。那尔撒斯独自一人斩杀了八名刺客之中的四人，另有两人受伤被生擒，剩下的两人仓皇逃命。神官们随即改变了方针，向国王控告那尔撒斯违法行凶伤人。那尔撒斯或许觉得这是个很好的时机，便逃离王宫，回到了自己的领地。

从绢之国归来的达龙，听闻好友已在自己离开的期间被逐出王宫，深感震惊遗憾。然而他还没来得及再找到机会去见那尔撒斯，亚特罗帕提尼会战就爆发了。

II

夜鸮的鸣叫划破了深夜的寂静，微微扰乱了冰冷的气流。

"自那之后，你就再也没见过那尔撒斯了吗？"

达龙以点头回答了亚尔斯兰。深夜的山路上，半弦月悠悠越过针叶树的枝叶，在两个人和两匹马周身洒下银蓝色的月光。

"话虽如此，如果只是这些事，我不觉得父王会把他永久逐出王宫。是不是还发生了些其他的？"

"其实，是这样的……"

离开王宫时，那尔撒斯留了一封信给安德拉寇拉斯王。虽然从达龙的伯父巴夫利斯等人看来，这根本是多此一举。那尔撒斯在信中批判了纵容非法行为横行的政治现状，提出了禁止神官放贷、将地下水渠交由农民代表管理、国民无论身份贵贱都要公正地接受法律裁决等等建言。最后他还附上了这样一段话：

"国王啊，请您睁大双眼，看看国政的真实情况吧。希望您不仅能看到表面的美好，也能正视丑恶的存在。"

"哼，那尔撒斯这混账，竟然忘记了我启用他的大恩，还敢得意洋洋地进谏！"

安德拉寇拉斯大发雷霆，一把撕掉了信，并下令追捕那尔撒斯。多亏了巴夫利斯竭力劝说，再加上那尔撒斯归还了戴拉姆的领地，国王的怒火才总算平息了下来，只是并没有解除对他的驱逐令。而那尔撒斯本人却反而欣然接受了这个结果。他一头扎进山庄闭门不出，每天不是画画就是阅读来自异国的书籍，悠然自得地生活着……

"那尔撒斯喜欢画画是吗？"

亚尔斯兰只是随口一问，达龙的回答却不够单纯明快。

"算了，每个人身上都会有些缺点的。"

看到王子疑惑不解的目光，达龙无奈地补充道：

"要说的话，就是那种水平不怎么样，还非要喜欢不可的感觉。那个人熟知天文、通晓地理历史，甚至对异国的事情也无所不知，唯有一点，该说他对自己的画技没什么自知之明嘛……"

突然，"咻"的一声划破了夜空。一道银白色的细光从他们眼前闪过，刺在针叶树树干上。马儿发出紧张不安的粗重喘息。二人安抚着马儿，一支箭映入了他们的眼帘。只见它深深插在树干上，反射着月光。

"胆敢再往前走一步，下一支箭就射在你们的脸上！"

漆黑的森林深处传来和亚尔斯兰年龄相仿的少年的声音。

"再往前就是戴拉姆的前领主那尔撒斯大人的住所，绝不允许不速之客闯入。趁着还没有受伤，还不速速离去！"

达龙大喊道。

"是耶拉姆吗？我是达龙，时隔三年来见你的主人。能让我们进去吗？"

几秒沉默过后，沙沙的声音响起，黑暗中走出了一个剪影，渐渐接近二人。

"是您来了啊，达龙大人，好久不见。刚才不知道是您，实在抱歉。"

身背箭筒、手持短弓的少年向达龙行了一礼，露出的黑发在月光下闪耀着漆黑的光泽。

"你也长高了啊。你家主人可还安好？"

"是的，他现在很好。"

"所以，也就是说，他还和以前一样，整天画些拙劣的画作，再把它们丢掉吗？"

少年露出了深思的表情。

"我不懂绘画的好坏，只是遵从过世父母的遗言，照顾那尔撒斯大人罢了。是那尔撒斯大人释放了我身为奴隶的双亲，使他们成为平民的。"

少年带领着两位来客走在山路上。他似乎有着出众的夜视能力，步伐沉稳而矫健。

在森林和草原的交界之处，筑有一座由石块和木材建成的、有着三角屋顶的山庄。草地之下传来溪流的潺潺水声，头顶上满天繁星闪烁。三个人走近那座山庄，大门随即开启，屋里的光落在地面上。少年跑上前去对主人低头行礼，达龙也跳下黑马叫道：

"那尔撒斯，是我，达龙！"

"名字就不必报了，你这聒噪的家伙，从一法尔桑以外就听到你来了。"

山庄的主人身材虽不及达龙健壮魁梧，但也高挑匀称。他长着一张令人舒服的、充满知性的脸，虽然口吐恶言，双眼却带着温暖的笑意。看年纪应该比达龙小一岁。他身穿蓝色短上衣，再配上同色的长裤，给人年轻而不修边幅的印象。

"那尔撒斯，这位是……"

"国王安德拉寇拉斯之子亚尔斯兰。我已经从达龙那里听说过你的事情了。"

"这真是这真是，有辱尊听啊。"

那尔撒斯笑眯眯地行了一个礼，转身朝向少年。

"耶拉姆，麻烦你去为客人们准备点饭菜吧。"

勤快的少年把两位客人的马牵到山庄后面，又回到厨房里忙碌了起来。与此同时，亚尔斯兰和达龙脱下了铠甲。虽然仅仅这样并不能消除疲劳，但身体一下轻快了很多。

少年侍童端来了大大的餐盆。葡萄酒、炖鸡肉、涂着蜂蜜的薄面包片、洋葱羊肉串、奶酪、苹果干、无花果干、杏脯等美味的食物香气四溢，激起了亚尔斯兰和达龙的食欲。回想起来，今天明明比任何一天都消耗了更多的体力，却在早餐之后就没再吃过一口东西了。

两个人坐在矮木桌前，专心致志地吃了好一阵子。耶拉姆随侍在一旁，那尔撒斯则悠然地品着杯中的葡萄酒，一脸佩服地看着两个人狼吞虎咽。

当两位客人把摆在桌上的所有食物都一扫而空的时候，耶拉姆收走了餐具，端出了饭后的绿茶，向那尔撒斯施了一礼，就回到自己的房间去了。

"总算舒服多了。多谢款待。"

"不必客气，亚尔斯兰殿下，臣曾经从殿下的父王那里得到了一万枚金币。今天这顿饭的花销还不到一枚银币呢。"

那尔撒斯笑着，看向老朋友达龙。

"好了，我已经知道大致的情况了，再给我详细讲一下吧。我军在亚特罗帕提尼平原上惨败了对吧。"

那尔撒斯一边轻轻抿着绿茶，一边听达龙讲述着亚特罗帕提尼战败的情形。当他听到卡兰背叛的时候，眉头动了一下，但是对于鲁西达尼亚军使用的战术，却丝毫没有露出惊讶的神色。

"骑兵的优点就在于它的机动性能。若想赢过它，唯一的手段就是封锁住它的行动。筑起栅栏和战壕，放起大火，利用浓雾。对叛徒内鬼也善加驱使。看来鲁西达尼亚的蛮族里也还是有聪明人啊。"

"没错，有聪明人。正因如此，我才为了亚尔斯兰殿下，想借用你的聪明才智。"

“达龙啊，难得你有此意，但时至今日，我已无意再插手俗世之事了。”

“可是，那也总比整天躲在深山老林里画这些拙劣的画，要好得多吧？”

作品遭到拙劣这个词的评价，那尔撒斯的表情明显变得不悦。

“臣能想象达龙这家伙对您说了些什么。请千万不要相信他，殿下。这家伙是全帕尔斯无人能敌的勇士，也很清楚事理，但他并没有一颗懂得艺术的心。真是太可惜了。”

达龙正要抗议，那尔撒斯举起一只手制止了他。

“艺术是永恒的，国家兴亡却只在瞬息之间。”

那尔撒斯的严正抗议并没有为客人们带来太多的感动。亚尔斯兰仿佛当头挨了一棒般沉默了，达龙抛弃了平素的沉稳偷笑了起来。毕竟在这种时候，也只能笑笑了吧。

王子努力重新振作起来，说道：

“若你所说的瞬间是指此时此刻，我也无法袖手旁观。那尔撒斯，请一定要让我听听你的想法。”

“唔，说到想法……鲁西达尼亚人信仰唯一绝对神依亚尔达波特。这位神明承认全体信徒的彼此平等，但同时又命令信徒们把信仰其他宗教的人从世上一扫而空。据来自马尔亚姆的旅行者说，在通向王都叶克巴达那的路上，漫山遍野都堆满了他们所谓的异教徒的尸体。”

"我绝不会让他们得逞。你觉得应该怎样做才好呢？"

"亚尔斯兰殿下，虽然事到如今才说已经无济于事了，但您的父王陛下真的早该废除奴隶制度才对。被国家虐待侮辱的人，怎么会为国而战呢？"

那尔撒斯的声音里染上了激动之情。不知何时，他已经失去了那种避世隐者的心境。

"今后将会发生的事情都已经可想而知了。鲁西达尼亚军一定会劝说奴隶们改信依亚尔达波特教，并承诺还改信者以自由之身吧。只要奴隶们举起武器奋起反抗，与鲁西达尼亚军里应外合，帕尔斯就会土崩瓦解了。毕竟奴隶的数量可要远远多于贵族和神官的数量。"

那尔撒斯带着嘲讽的口气道出了不祥的结论。亚尔斯兰一边感到逐渐膨胀的不安，一边反驳道：

"可是，叶克巴达那是不会陷落的。前些年被密斯鲁大军包围的时候，它也没有动摇过分毫。"

那尔撒斯用同情的目光看着王子。

"殿下，叶克巴达那已经命不久矣。的确，那扇城门就算用点火的箭矢或是攻城槌也无法轻易攻破，可是战术并不是只有从外侧进攻一种啊。"

"你是说，城内的奴隶们会和鲁西达尼亚军里应外合？"

"没错，达龙，鲁西达尼亚军会从城外向他们喊话的。奴隶们啊，站起来打倒压迫你们的统治者吧！依亚尔达波特神承诺将赐予你们自由与平等，土地和财宝也属于你们。这样做效果一定会立竿见影吧。"

达龙瞄了一眼默不作声陷入沉思的亚尔斯兰，转而向那尔撒斯询问起对策。

"这样吧，向奴隶兵们承诺，只要他们立下战功就将他们赦免为平民，当然还要加以犒赏。这样多少能起到一些效果，但也并非长久之计。"

"我想在事态无可挽回之前回到叶克巴达那。那尔撒斯，你无论如何都不愿帮我出谋划策吗？"

被王子一脸认真地盯着，那尔撒斯移开了视线。

"难得您这么说，殿下。但是臣准备隐居深山把余生献给艺术创作，对山外发生的事情已经丝毫不再关心了。请您务必不要怪罪，不，就算您怪罪也没办法……"

达龙把桌上的茶杯往旁边一推。

"那尔撒斯啊，世上可是有这样一句格言——漠不关心是滋养罪恶的温床，而不是支撑善良的后盾。"

"与其说是格言，倒不如说是诡辩。这是谁说的啊？"

"就是你说的呀，那尔撒斯。就在我出发前往绢之国的前一天，一起喝酒的时候你说的。"

"亏你还记得这么无聊的事啊。"

那尔撒斯啧啧道。达龙趁胜追击。

"既然你说鲁西达尼亚人会虐杀不信依亚尔达波特神的人。

会假借神的名义将人分为三六九等，那么，他们绝不可能是真心想要释放奴隶的吧。"

"即使如此，比起尚未降临的恐怖，奴隶们也多半会先选择去消除眼前不满的一方啊。"

下了这样的断言，那尔撒斯转身朝向王子：

"亚尔斯兰殿下，您的父王很讨厌我。若是您把我收作幕僚，一定会加深您父王的不悦之情。这样对您也不好。"

王子那张太过年轻、和父王一点都不像的纤细面容上浮现出一丝苦笑。

"这一点完全不是问题。父王原本就讨厌我。达龙这家伙也刚惹他生气。反正都这样了，索性大家一起被他讨厌吧。"

这个王子究竟是在直言直语呢，还是闹起了别扭呢？瞬间，那尔撒斯细细端详起他来。亚尔斯兰带着认真而问心无愧的表情迎上了他的目光，那尔撒斯轻声叹了口气。

"战争也好，政治也好，终有一天会化作灰烬，在历史长河中烟消云散。能够流传后世的就只有伟大的艺术。真的很抱歉，臣无法向您承诺下山之后的事情，但您停留在这里的期间，臣会尽我所能好好款待您。"

"我知道了。抱歉对你提出了无理的请求。"

亚尔斯兰微微笑了笑，突然露出疲倦的表情，打了个小小的呵欠。

III

当王子在隔壁房间钻进被子睡下后，达龙和那尔撒斯又低声交谈了一段时间。达龙把伯父巴夫利斯那个令人费解的命令讲给了自己的好友听。

"陛下对泰巴美奈王妃那么宠爱，却总对亚尔斯兰殿下表露出一种奇怪的隔阂感。这一点我想不通。"

"王妃啊……"

那尔撒在胸前交叉起双臂，轻声说道：

"我年幼时也见过几次泰巴美奈王妃，那真是一种魔性的美貌啊。总而言之，她在成为卡尤马尔斯大公的夫人之前，好像曾经是他宰相的未婚妻。"

"主君夺走了臣下的未婚妻吗？这就是导致国家动乱的根源了。那个可怜的宰相后来怎样了？"

"好像自杀了。虽然很可怜，可是就算活着也不会遇到什么好事吧。"

两人面对着杯中的葡萄酒沉默了下来，思绪回溯到了亚尔斯兰出生前的历史。

帕尔斯历三〇一年，在位三十年、有着"大陆公路的伟大守护者"美誉的国王哥达尔塞斯二世辞世。六十一岁的国王膝下共有两个儿子，分别是二十七岁的长子欧斯洛耶斯，以及二十五岁的次子安德拉寇拉斯。欧斯洛耶斯在国王在世时就已被正式册立为王太子，而弟弟安德拉寇拉斯也支持兄长即位，于是他顺利地继承了王位。

新任国王封王弟为大将军，将全军指挥大权交付于他。其后两年，兄弟彼此扶持，同心协力守住了伟大先王打下的基业。然而不久后，二人的关系破裂。

帕尔斯历三〇三年，位于帕尔斯东南方、一直和帕尔斯维持着盟国关系的巴达夫夏公国发生了内乱。原本这个国家就位于帕尔斯和辛德拉两国之间，时而和一方结盟，时而和另一方交好，在外交上有着见风使舵的倾向。自从哥达尔塞斯二世即位成为帕尔斯国王后，他就一直和帕尔斯维持着盟国关系。然而待到哥达尔塞斯二世驾崩，此前原本日渐式微的亲辛德拉派就开始在巴达夫夏国内蠢蠢欲动了。

"正因为有哥达尔塞斯王在，帕尔斯王国才得以维持安定。大王既已驾崩，我们便不能再依靠帕尔斯了。今后应当与辛德拉王国缔结盟约，以保障我国的和平。"

这般呼声愈发强烈，最终巴达夫夏公国驱逐了帕尔斯的大使，和辛德拉王国订下了修好条约。

安德拉寇拉斯任命巴夫利斯为副将，率领十万骑兵，排山倒海般涌入巴达夫夏公国领地。巴达夫夏大公卡尤马尔斯惨叫着向辛德拉求援。辛德拉王国姑且算是派来了援军，但是安德拉寇拉斯以迅雷不及掩耳的速度横穿过巴达夫夏全境，将辛德拉军必经之路上几条河上的桥梁全数破坏。在辛德拉军无法继续前进时，安德拉寇拉斯掉转方向，率大军攻下了巴达夫夏的首都——赫尔曼德斯城。巴达夫夏大公卡尤马尔斯从城内高塔上投身自尽，而唆使他的亲辛德拉派大臣、将军等两千余人被帕尔斯军所杀。安德拉寇拉斯宣告巴达夫夏公国就此并入帕尔斯，辛德拉军随即放弃了救援，撤军回国。

直到此时，在帕尔斯王国，尚未出现任何不祥的阴影。

然而，安德拉寇拉斯在赫尔曼德斯城中找到的一个女人，却彻底改变了这对兄弟的一生。她就是业已自杀身亡的卡尤马尔斯大公的年轻夫人泰巴美奈。

欧斯洛耶斯欣喜地迎接弟弟凯旋归还王都叶克巴达那。作为褒奖，他把旧巴达夫夏公国的全部领土赏给了弟弟，并准备赐予他"副王"的头衔。安德拉寇拉斯却只是摇头答道：

"王兄，我不要领土也不要副王之位。只有一个请求，若您能将卡尤马尔斯的妻子赏赐予我……"

他会这样说，也是因为帕尔斯的法律规定，战利品要先全部上交给国王，再由国王重新分配给将士们。

"什么，你宁愿放弃领土和地位，就只想要一个女人吗？真是无欲无求啊。好吧，那我就把那个女人连同全新的宅邸和装点她全身的宝石一起奖赏给你吧。"

安德拉寇拉斯谢恩退下后，欧斯洛耶斯王突然对那个让弟弟动心的女人产生了好奇心。安德拉寇拉斯热衷于战争、狩猎和酒宴，却从未和女性传出过绯闻。

欧斯洛耶斯秘密造访了泰巴美奈被软禁的宅邸，目睹了她沐浴着月光漫步在庭院之中的曼妙身姿。在离开宅邸的那一刻，他下定决心要娶泰巴美奈为妻。作为国王的立场，作为兄长的立场，此时都已不再重要了。

在欧斯洛耶斯年仅十八岁还是王太子的时候，曾经娶过一位夫人，并于次年诞下一子。此后夫人病逝，而他再也没有正式立过妃，一直维持独身。然而这一刻，他为自己的独身生涯划上了终止符。次日，当安德拉寇拉斯去看望泰巴美奈的时候，她已经在王兄的命令下被接进王宫去了。

安德拉寇拉斯怒气冲天地责问王兄："你违背了你的承诺！"但欧斯洛耶斯以没有人证和物证为借口，驳回了弟弟的抗议。与此同时，他把旧巴达夫夏公国全领土和副王的地位，甚至再加上一百万枚金币和数名美女赐给弟弟，试图安抚他，安德拉寇拉斯却彻底一头扎进自己的宅邸，不再在王宫露面。

欧斯洛耶斯本想不顾一切与泰巴美奈完婚，却遭到了巴夫利斯等重臣的一致劝阻，终究只得作罢。毕竟无论他怎样为自己辩解，违背了对弟弟的承诺都是不争的事实。

就这样，兄弟之间的关系明显恶化了，而宫中以他们二人为中心的两股势力的对立也愈演愈烈。如果一定要选择一方，比起病弱的欧斯洛耶斯，宫中有更多大臣对作为武将声名远扬的安德拉寇拉斯抱有好感。这当然引发了欧斯洛耶斯的不快，他将他们统统从宫中赶出去到偏远城市或边境地带。巴夫利斯也被左迁去了西方和密斯鲁接壤的边境要塞。

安德拉寇拉斯越来越闷闷不乐。他丢下了大将军的职务，整天待在自己家里喝闷酒。对欧斯洛耶斯而言，这是个再好不过的借口。他革去了弟弟的大将军一职，将他降为万骑长，贬黜至东部边境。

"如果让安德拉寇拉斯和巴夫利斯离得太近，只怕他们会合谋叛乱。若让他们各赴东西，相隔三百法尔桑之遥，他们就无法互相勾结谋反了。"

尽管欧斯洛耶斯颇费心思，然而就在新的人事变动即将公布前，却一病不起。他带着泰巴美奈去御苑狩猎的时候，马儿受惊把他掀翻在地摔伤了肩膀，伤势又引发了高烧。

连日不退的高烧迅速侵蚀着国王的身体。医师团竭尽全力救治却不见效果，神官的祈祷也无济于事，国王陷入了危急。

如果国王驾崩，就需要一名新的国王继承王位。原本应该是由国王的长子来继承的，但是欧斯洛耶斯的长子此时年仅十一岁，还没有正式举行过太子册立之仪。欧斯洛耶斯王还在顾虑着王弟安德拉寇拉斯和他的支持者们。况且帕尔斯的东西两方都邻接着强大的敌国，若让年仅十一岁的少年登上王位，也许会刺激起邻国的野心。

五月十九日，一个洒满了月光和花香的晴朗初夏夜晚，王弟安德拉寇拉斯被召进王宫。一小时后，便正式公布了欧斯洛耶斯王驾崩以及安德拉寇拉斯登基的消息。

"欧斯洛耶斯王想在自己死后传位给王子，并拜托安德拉寇拉斯摄政。但是，安德拉寇拉斯用枕头闷死了病榻上的国王，自己当了国王。"

"不，欧斯洛耶斯王怀疑弟弟和王妃泰巴美奈的关系，对弟弟嫉妒得发狂，把他叫来王宫打算杀死他，结果反而被杀了。"

各种流言蜚语纷纷传来，然而当安德拉寇拉斯在军队压倒性的支持下登基为王后，人们都沉默了。不久后，王宫一角发生了火灾，先王欧斯洛耶斯的王子不幸罹难。宫廷料理长被认定为失火责任人判处了死刑。新王安德拉寇拉斯随即任命巴夫利斯为大将军。翌年，长期身居宫中身份奇妙的客人泰巴美奈与安德拉寇拉斯成婚，被册立为王妃。又过了一年，王子亚尔斯兰诞生了……

此后，直至今年，安德拉寇拉斯王的统治似乎坚不可摧。

IV

亚尔斯兰沉沉睡去，一夜无梦。次日清晨，当他悠悠醒来时，秋天的太阳已经高高挂在头顶上了。想到今后将要面对不计其数的不安和困难，自己却贪婪地睡起了懒觉，这让亚尔斯兰有些羞愧。木质地板上铺着一套被褥，似乎是达龙盖过的。只因自己是国王之子，便享受了这般特权，亚尔斯兰愈发有些无地自容。他连忙换好衣服来到隔壁，发现达龙和那尔撒斯好像也刚刚起床不久。

三人互道问候时，门外传来数组马蹄的轰鸣。屋里的人一同绷紧了神经。

达龙透过微微开启的窗缝向窗外望去。已经来不及穿上铠甲了，他单手连鞘抓起长剑。

"我见过他们。是卡兰的部下。"

"哦……"

那尔撒斯用指尖托起下颌作沉思状。

"能找你们找到这里来，洞察力真是出色啊。不愧是卡兰，部下训练得真不错……"

那尔撒斯突然闭上嘴，用怀疑的眼神看向达龙。达龙本想装出一副无辜的样子，那尔撒斯的诘问却很犀利：

"之前一直忘了问你，达龙，你是走哪条路到这里来的？"

感受着亚尔斯兰吃惊地从侧面投向自己的目光，达龙耸了耸肩，说出了一连串地名。

"大概，就是这些吧。"

"居然从卡兰的城堡附近经过！"

那尔撒斯低声吼着，向达龙投去令人胆寒的视线。

"你这居心叵测的家伙，明明有别的路可走，居然故意选了会吸引卡兰部下注意的路线。从一开始你就打定主意要把我卷进来，好让我不得不加入你们对吧？！"

既然已经被看穿了，达龙索性向好友摊牌。

"请原谅我，虽然道歉也许已经没用了。想请你出山完全是因为敬重你的智谋。事已至此，还是放弃你的隐居生涯，为殿下效力吧，那尔撒斯。"

那尔撒斯再次低哼了一声，一脚踹在地板上。已经没时间和达龙争出个结果来了。他立刻让亚尔斯兰和达龙爬上隔壁房间的天花板，再把梯子也拉上天花板收起来。玄关响起耶拉姆的叫声。

"那尔撒斯大人还在休息。请你们出去——啊！真是无礼！"

门被粗暴地推开了，少年耶拉姆被冲进来的士兵们撞飞，径直摔进了室内。那尔撒斯把他从地上扶起来的时候，六名全副武装的骑士已经冲进室内，单手扶在剑柄上。恐怕他们早已对那尔撒斯的精湛剑术有所耳闻。一名看起来最年长的中年男人，代表方才的六名骑士站出来问道。

"请问您是数年前担任戴拉姆领主的那尔撒斯卿，没错吧？"

"现在只是区区一介隐士罢了。"

"您就是那尔撒斯卿？"

"不错，我正是那尔撒斯。既然我已报上姓名，想必你们也该表明身份吧？"

那尔撒斯的声音低沉到几乎听不清。骑士们一瞬间心生怯意，然而发现他并未佩剑，才安下心来，郑重其事地向他自我介绍。

"方才失礼了。我们是帕尔斯大将军（音为耶兰）卡兰大人的部下。"

天花板上，达龙颀长的身躯在黑暗中微微一颤。亚尔斯兰也差点连呼吸都停止了。自从安德拉寇拉斯王即位以来，提起帕尔斯的大将军，应该就只是指巴夫利斯一个人。

"耶兰·卡兰，可真是个押韵的好称呼啊。不过世事的变迁还真是无常啊。我离开王宫的时候，这个国家的大将军还是巴夫利斯老人，难道老人已经隐退了吗？"

那尔撒斯刻意提高了音量，以便让藏在天花板上的达龙和亚尔斯兰也能听清事情的来龙去脉。

"还是说，该不会已经去世了……"

"巴夫利斯老人的确已经死了，但他不是病死的。现在，他那皱巴巴的首级正挂在叶克巴达那城门前，咧着嘴巴劝说城里的人赶快投降呢！"

达龙的身体重重摇晃了一下，声音隔着厚厚的天花板传来，令骑士们起了疑心。

"刚才是什么声音？"

"野老鼠。它们盯上我家的粮食钻进我家赖下不走，真令人头痛。说起来，你们一大早就到这里来有什么目的？"

其实答案显而易见，根本没必要问，然而那尔撒斯故意装起了糊涂。骑士们不快地撇了撇嘴。

　　"有好几个人作证说败军之将亚尔斯兰和达龙二人逃进了这座山里。不知那尔撒斯大人是否知情？"

　　"是吗？我完全没听说过。"

　　"真的吗？"

　　"你们说什么败军之将，达龙根本就不可能吃败仗。除非遭遇了极其卑劣的背叛。"

　　骑士们的脸上涨满了即将爆发的怒火，然而代表者拦住了自己的同僚们。

　　"那么，现在还有一件事要转达给您。我们大将军卡兰公，想邀请那尔撒斯卿加入他的麾下。您不仅才略过人，剑术上也赫赫有名，大将军对您评价很高……"

　　那尔撒斯兴趣缺缺地摸着下巴。

　　"唔，如果我成为了卡兰公的部下，他可以给我什么保障呢？"

　　"作为依亚尔达波特教信徒的一切权利。"

　　"除此之外，他还慷慨承诺，愿为您恢复先前您归还国王的戴拉姆地区领主之位。不知您的答复……"

　　"一定要立刻答复吗？"

　　"请您务必。"

　　那尔撒斯的脸上浮现出刻薄的笑容。

"那你回去转告卡兰那条狗。腐烂的肉自己一个人留着吃就好，对那尔撒斯来说太难吃了！"

话音未落，那尔撒斯迅速向后跳去。六人的怒气伴随着六柄剑一并朝他袭来。骑士们或许确信六对一绝对能够取胜，然而这份确信只持续了一转眼的时间。

一块三加斯（约三米）见方的地板突然打开，骑士们怒吼着、惨叫着落入了深深的地下。激烈的水声和铠甲相互碰撞的声音随即涌了上来。原来那里挖了一个灌有水的陷阱。

"笨蛋，面对没有礼貌的不速之客，难道你们以为我不会做好招待的准备吗？"

那尔撒斯得意地挺起胸。一阵激烈的怒骂从黑暗的地下传来，但是那尔撒斯没有理会，转身喊亚尔斯兰他们从天花板上面下来。达龙走近陷阱，窥望着其中的黑暗。

"那帮家伙不会再爬上来吧？"

"不必担心。从水面到这里的地板有七加斯高。只要他们不是蝾螈的亲戚，就肯定爬不上来。话说回来，我们该拿他们怎么办？"

"如果伯父真的被杀害了，他们就是仇人的同伙。我要让他们受到应得的报应。"

达龙的声音中带上了一抹危险的颤抖，那尔撒斯露出了沉思的姿态。

"哎，你等一下，就算杀了他们也不能当饭吃。现在还是稍微想点能让他们派上用场的方法吧。"

"他们不会被淹死吧?"

"殿下不必担心。水只有一加斯深。除非他们自己想淹死自己,否则绝不会有生命危险。"

这时,耶拉姆少年从旁插话道:

"那尔撒斯大人,早餐刚才就准备好了,您什么时候吃呢?"

"呀,我都忘了。"

那尔撒斯快活地扬起了嘴角。

"先来填饱肚子吧。那些没礼貌的家伙什么时候都可以收拾,饭菜放凉了可就不好吃了。"

这究竟是大胆无畏还是不拘小节,或是单纯的感觉异于常人呢?真是难以判断。

无论如何,他们决定先吃早饭,亚尔斯兰想帮耶拉姆一起准备餐桌。和自己同龄的少年在工作,而自己却只是干坐着,这总让他有些过意不去。然而耶拉姆用得体的言辞和冷淡的态度婉拒了亚尔斯兰的提议。一言以蔽之,那不是帮忙反倒是添乱。

结果亚尔斯兰只好专心用餐,同时对自己感到了些许不满。从昨天起,自己似乎就一直在接受别人的帮助和服务,却没帮上别人任何忙……

突然,那尔撒斯拿起已经空空如也的碟子,手腕一翻。碟子旋转着飞了出去,准确地命中了一个正试图从陷阱里爬到地板上来的骑士的脸。愤怒而痛苦的呻吟声响起,然后铠甲碰撞的响声和溅起的水声远远传来。几个骑士在陷阱底下叠起罗汉，费尽千辛万苦终于就要爬上地面的时候，又一下被打回了原地。

"辛苦你们了，不过还是请重新再爬一次吧。"

那尔撒斯一副恶作剧得逞的口气。

"那尔撒斯大人，请不要这样糟蹋碟子。"

"抱歉，抱歉，耶拉姆。"

遭到少年侍童的责备，那尔撒斯抓了抓头。原来这名看似任性妄为的男子，也有对别人抬不起头的时候。

"达龙大人，您似乎没吃多少东西，我再给您做些别的吧。"

"没事，耶拉姆，不用了，已经够了。"

那尔撒斯突然满脸不悦。

"不必为这家伙做什么事。都是拜这个混账所赐，我们已经必须再去找一个新的隐居场所了。"

"所以，那尔撒斯，干脆别隐居了……"

"闭嘴，你这混账叛徒，别对我和平的生活方式指手画脚。"

看着那尔撒斯一副充耳不闻的样子，达龙耸了耸他宽阔的肩，便沉默了。大约是在思考要如何向陷阱里的士兵们逼问出伯父遇害一事的真相吧。

亚尔斯兰放下了汤匙。

"那尔撒斯，这样如何，我也一同拜托你。请和达龙一起助我一臂之力吧。"

"虽然很感激您这么说……"

"那么这样吧，我需要你的忠诚，而与此相应，我也会支付你足够的报酬。"

"您说的支付报酬，是指像您父王一样赐给我金币什么的吗？"

"不，我不觉得金钱买得到你的忠诚。"

"那就是说地位吗，宰相之类的？"

那尔撒斯依然兴趣缺缺，脸上写满了"岂能被区区财富地位轻易收买"的表情。

"我指的不是那些。待我赶走鲁西达尼亚的蛮族，成为帕尔斯国王的时候，那尔撒斯卿，我会邀你担任我的宫廷画家。怎么样？"

那尔撒斯张大嘴回望着王子。这个回答确实出乎他的意料了。沉默了几秒后，他愉快地低声笑了起来。有什么隔阂确确实实开始融化了。

"这个我喜欢。真是超过想象……"

轻声自言自语着，那尔撒斯向好友投以夸耀胜利的眼神。

"怎么样，达龙，你听到了吗？殿下说的这番话，才是作为一位君王应有的气量。殿下内心的丰富，和你这种将要度过与艺术无缘的贫瘠一生的家伙相比，真是有着天壤之别啊。"

"饶了我吧。如果怎么都要度过贫瘠的一生，我至少希望不要和你的艺术扯上什么关系。"

以毒舌还毒舌，达龙重新转向王子。

"殿下，任命那尔撒斯为宫廷画家之类的事情，会在帕尔斯的文化史上留下污点的。若是任命此人为书记或宰相，倒可以说是一国之君的远见卓识，但为何偏偏是宫廷画家……"

"不是挺好的吗？达龙。比起由鲁西达尼亚的著名画家画下我的死状，我更想让那尔撒斯画下我活着的样子。你不也是这样想的吗？"

达龙再次沉默了，那尔撒斯开心地拍起了手。

"殿下，达龙虽然不想死，但似乎也不愿被我画下肖像呢。只凭这一点，我就很想接受您的请求……"

他收起了开玩笑的表情，认真陷入了沉思。

"确实不能任由鲁西达尼亚军践踏国土还坐视不理。或许我应当帮助您，但正如我昨天所说，安德拉寇拉斯王不愿听到我的名字，殿下倘若执意收我为部下，难免招致陛下不悦。即便这样也无妨吗？"

"那是当然。"

"明白了。那么我愿为殿下效命。虽然中了达龙这混账的圈套不太甘心……"

那尔撒斯像下定决心般笑了笑，少年耶拉姆向主人探出身体。

"您也会带我一起走吧，那尔撒斯大人？"

"嗯……"

似乎无法立刻作出决定，那尔撒斯的回答不够干脆爽快。

"我在基兰港口有个熟人，原本是打算把你托付给他的。那个熟人是位拥有十几艘帆船的商船主，一旦遭到鲁西达尼亚军入侵，你可以乘船逃往海上，甚至还可以渡海逃往异国。我会亲笔为你写好介绍信，再给你带上路费和生活费，所以逃去他那里吧——"尽管那尔撒斯这样说，但耶拉姆拒绝了。他毫不让步，坚决要留在那尔撒斯大人身边。

最后，那尔撒斯妥协了。因为亚尔斯兰和达龙也站在少年侍童那边。耶拉姆是个机灵的少年，将来应该派得上用场，况且他也相当擅长使用弓和短剑作战。与他同龄的亚尔斯兰也希望能交上这个在宫中交不到的朋友。综合了如上种种考量，最终那尔撒斯决定带耶拉姆同行。

V

卡兰手下的骑兵们终于带着一身极其肮脏的水、血污和泥泞，以及满心的屈辱，从陷阱里爬了上来。此时，太阳已经高高地升上了天空的正中央。亚尔斯兰等四人早已消失无踪，连同七名骑士的坐骑也都不见了。他们在地上就这样呆呆坐了半天。

"可恶，怎能就这样放走他们！"

终于，那个被那尔撒斯用碟子砸中脸的骑士，张开还粘着血迹的嘴唇咆哮道。

"下山通向平原的路，都被卡兰大人的部下严密封锁着。连这么明显的事情都没发现，算什么军师，算什么万骑长啊。给我走着瞧，今天之内我一定要把口水吐在他们的尸体上！"

"难道不是因为有信心能强行突破重围吗？毕竟那可是达龙和那尔撒斯啊。"另一个骑士阴郁地答道。大概是之前被修理得太惨，染上凡事都往坏处想的习惯了。

为了泄愤，骑士们砸毁了屋里的所有东西，随即完全不符合"骑士"这个头衔地徒步向山下走去。在一个山洞里，耶拉姆向亚尔斯兰等人报告了这个消息。

"辛苦你了。他们穿着铠甲走在山路上，今天之内可走不到山脚。算了，就为他们祈祷不要遇到熊和狼吧。"

那尔撒斯向亚尔斯兰和达龙说明了现状。就算现在立刻下山，也一定会被包围网捕获。不如暂时藏身在这个山洞里，诱发敌人的怀疑吧。到时就要轮到那尔撒斯的妙计登台亮相了。

"虽然我很想说，都怪达龙做了多余的事情，卡兰才率领他的手下包围了这座山，但是无论如何，我们都已经难逃层层重围了，不如反过来考虑一下要如何利用它吧。"

那尔撒斯一副乐在其中的样子。亚尔斯兰询问他到底应该怎么办，他没有具体回答，只是说：

"让敌人的兵力集中到我们想让他们去的地方。这是战法的第一步。"

那尔撒斯认为无论军队有多么勇猛强悍，在兵力耗尽之前取得胜利、不勉为其难才是战法的价值所在。

亚尔斯兰稍稍有点想反驳。

"可是达龙为了救我，独自一人突破了千军万马。"

"那是匹夫之勇。"

那尔撒斯朝达龙眨了眨眼睛，毫不留情地断言道。达龙微微苦笑着沉默了。

"如达龙这般的勇士，只怕放眼望去千人中也难寻一人，所以才非常珍贵。然而身为军队的指挥者，却必须以最弱的兵士为基准，思考仅靠这些兵士也能取胜的战法。若是一国之君，则需要想出确保最无能的指挥官也不会战败，或是能够不战而胜的策略。"

那尔撒斯的语气中流露出热忱。亚尔斯兰想，他原本就注定不会一生隐居深山。

"虽然很难以启齿，但若是沉溺于军队强大的表象，轻视敌人，怠于思考战法，一旦事态超出控制范围了又要怎么办呢？亚特罗帕提尼的悲剧，应该算得上一个很好的例子吧。"

亚尔斯兰不得不颔首赞同。在亚特罗帕提尼平原上，帕尔斯军骑兵是如何英勇战斗的，而这份英勇又是如何的毫无回报，他亲眼目睹了一切。

"安德拉寇拉斯王，从即位为王之前就从未吃过败仗。当他的自负到达顶峰时，无论什么问题都想靠打仗来解决，靠打仗不能解决的问题就试图逃避。只热衷于在战场上取下敌人的首级，却对消除国内的矛盾和不平等一事毫不关心……"

那尔撒斯露出丝毫看不出在开玩笑的眼神。

"殿下，倘若您在这些方面也继承了安德拉寇拉斯王的作风，我随时都会放弃宫廷画家的地位。"

那尔撒斯是在说，臣下也有舍弃君主的权利，事实上这并不是虚张声势，他在三年前就已经这样实行过一次了。亚尔斯兰发自内心地用力点了点头。在治理国政方面，他对父王绝不是一点批判都没有的。那尔撒斯微微一笑，转而对默默擦拭着长剑的好友说道。

"达龙，就算不巧和卡兰狭路相逢也别杀掉他哦。他绝对知道一些不得了的事情。我一定要从他的口中把这些事问清楚。"

"不得了的事情？"

耳尖的亚尔斯兰抓住重点追问，那尔撒斯不得不挤出笑容。

"对，是非常重大的事情。然而那究竟是什么事情，我现在还完全没有猜到。"

亚尔斯兰点点头，仔细观察起山洞内部。整个山洞宽阔得足以让四个人和十一匹马在其中悠闲度日。出入口通道很曲折，无法从外面一眼看到山洞内部。他原本还想以自然形成的通道而言，它的构造也未免太绝妙了，没想到这段通道是那尔撒斯带人挖出来的。

"因为无法预料接下来会发生什么。我是狡兔三窟主义，预先准备了好几处藏身之地。"

那尔撒斯如是说。问到山洞是不是还有其他的出入口，他也若无其事地点了点头。山庄的陷阱也昭示出他的准备周全。

　　亚尔斯兰忍不住想，自己真是遇到了和自己的年龄和实力远远不相符的优秀同伴。再没有比这更令人安心的事情，但他同时又觉得自己过于幸运了。亚尔斯兰下定决心，一定要成长为值得达龙和那尔撒斯献上忠诚的人。

第三章　王都烈焰

· I

太阳为西方的地平线镶上了一道金色的边缘，一点点沉了下去。

清澈晶莹的天空中逐渐染上了深蓝，每一秒都愈发浓郁，成群的鸟儿在天幕中划出一道道流线各自归巢。平原被麦穗和柑橘染成一片金褐色，沙沙摇曳。重重山岭在遥远的东方和北方连绵起伏，山顶上的万年积雪反射着落日余晖，把彩虹色的光芒投射在道路上来来往往的人们的视野中。榆树、柏树、杨树整齐地并排在道路两旁，夹道欢迎着骑马或是徒步到来的旅人。他们为了能赶在王都叶克巴达那的城门关上之前到达而匆忙地赶着路。

原本，帕尔斯秋日的傍晚，应当是这样的一番景象。然而，现在，敌人放起了大火，滚滚浓烟熏黑了稻田，被虐杀的农民的尸体在道路之中堆积如山，空气中充满了血腥的味道。

王都叶克巴达那，不仅是帕尔斯一国的首都，还是横亘广袤大陆、贯通东西的"大陆公路"上最重要的交通枢纽。东西诸国的商队都聚集在这里，绢之国的丝绸、陶瓷、纸张、茶叶，法尔哈尔公国的翡翠和红玉，特兰王国的马，辛德拉的象牙、皮革制品和青铜器，马尔亚姆王国的橄榄油、羊毛、葡萄酒，密斯鲁王国的绒毯……等等，琳琅满目的商品汇集一堂，交易气氛十分热烈。

鼎沸的人声中除了大陆公路的通用语——帕尔斯语之外，还夹杂着数十个国家的语言。行人、马匹、骆驼、驴子在石板铺成的道路上来来往往，络绎不绝。酒馆里，金发的马尔亚姆女人、黑发的辛德拉女人，各国的美女争妍斗艳，把各自祖国出产的名酒轮番倾注在客人们的酒杯里。绢之国的魔术师、特兰的马戏师、密斯鲁的魔法师施展出精湛的技艺，让人们喜笑颜开，法尔哈尔的乐师吹响悠扬的笛声。叶克巴达那的繁荣就这样持续了三百年之久。

然而现在，成群的旅人已经不再经过此处，宝座上也不见了国王安德拉寇拉斯的影踪，不安的阴云笼罩在王都叶克巴达那上空。

叶克巴达那的城墙，东西长一点六法尔桑（约八公里），南北长一点二法尔桑（约六公里），高十二加斯（约十二米），顶部的厚度达到了七加斯（约七米）。九处城门皆由双层铁门保护着。数年前密斯鲁王国大军兵临城下包围叶克巴达那时，它们也纹丝不动。

"可是，当时还有安德拉寇拉斯王镇守在城里。现在就……"

虽然现在城内也镇守着沙姆、加尔夏斯夫两名万骑长，但目前国王依旧行踪不明，自王妃泰巴美奈以下，城里的人们愈发惊慌不安。

突然，发生了一件奇妙的事情。在大约十名骑士的保护下，一辆没有顶盖的马车从包围了叶克巴达那全城的鲁西达尼亚军阵前缓缓驶来。除了车夫之外，还另有两人乘在车上。当人们借着尚未落尽的夕阳余晖，终于认清其中较高一人的面容时，整个帕尔斯军都仿佛受到了重重一击。

那人是帕尔斯军的万骑长之一夏普尔。他的脖子上缠着两圈粗皮绳，双手被皮绳绑在身后。鲜血和泥泞染满了他的全身，额头和右下腹的伤最为严重，绷带下渗出的鲜血每一秒都在向外蔓延扩散着。帕尔斯的兵士们不禁屏住呼吸，瞠目结舌地注视着曾经威名远扬的万骑长凄惨的样子。

"听好了，城里那些对神没有恐惧之心的异教徒！"

夹杂着很重口音的帕尔斯语喊声响了起来，城墙上的士兵们纷纷把注意力转移到了夏普尔身边的黑衣矮个男子身上。

"我是服侍唯一绝对神依亚尔达波特的圣职者，大主教兼异教徒审问官波坦，为向你们这些异教徒传达神的旨意而来到这里。这个异教徒的肉体，就是神的旨意。"

波坦抬起头来，用只能被称作残忍的目光望向身负重伤的帕尔斯武将。

"首先，砍下这家伙左脚的小脚趾。"

舔嘴唇的声音也一起传来。

"接下来是无名趾，再然后是中趾……左脚结束之后是右脚，然后是手。要让城里那些异教徒明白反抗神的下场。"

站在城墙上的帕尔斯士兵们咒骂着主教的残忍，但是真正激怒波坦的，是从自己阵营中发出的责难声音。虽然很微弱，但清晰可闻。

"这个天杀的混账！"

大主教狠狠朝己方的阵营瞪了一圈。然后就像回应非难一样，用鲁西达尼亚语大吼：

"这家伙是异教徒。是不敬仰唯一绝对神依亚尔达波特的恶魔的使徒，是背弃了光明，生长在黑暗中的被诅咒的野兽。对异教徒的慈悲，就是对神的背叛啊！"

此时，全身满是鲜血和泥泞的万骑长的双眼放光，张口怒骂：

"我的信仰，还轮不到你们这些混账来说三道四！"

夏普尔愤怒地大吼。他虽然听不懂鲁西达尼亚语，但是看到大主教疯狂的样子，也猜得出他是在说什么。

"要杀就快杀。与其被你们的神拯救，我宁愿去地狱或者随便什么地方，然后在那里等着看你们的神和国家被你们自己的残忍吞噬殆尽。"

大主教一跃而起，举起手杖用力抽打夏普尔的嘴。一阵令人毛骨悚然的声音传来，夏普尔的嘴唇裂开了，门牙也被打碎，鲜血四溅。

"你这个混账异教徒！天杀的！"

大主教破口大骂着，再次举起手杖朝夏普尔的脸打下去。手杖折断了，恐怕颊骨也被打碎了吧。夏普尔张开溢满鲜血的嘴继续大喊：

"叶克巴达那的人们啊！若是为我着想的话，就一箭射死我吧！反正我已经没救了。与其被鲁西达尼亚的野蛮人虐杀，还不如死在自己人的箭下！"

他没能把话说完。大主教跳起来大叫，立刻有两个鲁西达尼亚士兵冲上来，一个人拔剑刺向夏普尔的大腿，另一个人挥起鞭子抽打他的胸膛。愤怒和同情的喊声从叶克巴达那的城墙上传来，然而，似乎没有什么办法能够拯救这个不幸的勇者。

正在此时，尖锐的风声敲击起人们的鼓膜。鲁西达尼亚人和帕尔斯人一同看去。一支箭从叶克巴达那城墙上射来，径直刺进夏普尔的双眼之间，将他从痛苦之中永远拯救出来了。

一片惊叫声响起。想想城墙到夏普尔身体之间的距离，能够一箭将他当场射死，张弓的力道可谓令人胆寒。从鲁西达尼亚阵地中飞出十余支箭，一齐射向伫立在城墙上一角的人影，然而别说命中了，一支箭都没能碰到城墙。

人们的视线聚集在了一点，混合了赞赏和好奇的嘈杂声响了起来。从城墙上射出一箭的是一名年轻人。他并不是身着铠甲的兵士。虽然手中拿着弓，腰上也佩着剑，但是戴着刺绣的帽子，穿着同样也带有刺绣的外套，是个旅人打扮的年轻人。他脚边还立着琵琶。两个士兵快步走近年轻人，对他说：

"王妃殿下有命。给予把勇者夏普尔从痛苦之中拯救的人相应的赏赐。"

"哦……不问我杀人之罪吗？"

年轻男子的声音中隐隐流露出一丝嘲讽。

Ⅱ

王妃泰巴美奈在谒见之间里等待着无名的弓箭手。宝座的左右随侍着留在王都的重臣们——宰相夫斯拉布、万骑长加尔夏斯夫和沙姆。

现年三十六岁的王妃与其说看起来比实际年龄年轻，不如说她有着一种看不出年龄的美貌。乌黑的头发、乌黑的眼珠和象牙色的肌肤，在宝石和丝绸的装饰下显得格外明艳动人。

年轻人恭恭敬敬地跪在离宝座大约十加斯之外的绒毯上，王妃兴味盎然地凝视着他。

"你叫什么名字？"

"我叫奇夫，王妃殿下。我是一个旅行乐师。"

年轻人抬起头，用歌唱般的声音回答了王妃。

这位名叫奇夫的年轻人，看起来大约二十二三岁的样子。他有着深紫红色的头发和深蓝色的眼瞳。虽然身材颀长，但体格有些纤细，再加上精致的美貌，让宫女们不由得低声交口称赞。但他望向王妃的表情里却写满毫不客气的大胆。他方才所展现的精湛弓术同样让人觉得，这不会是一个只靠音乐来行走江湖的人。

王妃偏了偏头，灯火也随之摇曳。

"既然你说自己是乐师，那么，你会什么呢？"

"我会弹琵琶，王妃殿下。除此之外，我会吹笛，也会唱歌，还会吟诗跳舞。竖琴也是我的专长。"

年轻人面无惭色地说着大话。

"顺带一提，无论是弓还是剑，或是长枪，我都比大多数人用得更好。"

万骑长沙姆微微皱了皱眉，加尔夏斯夫低声嗤笑出声。在两位英勇的战士面前大言不惭地说出这种话，该说是班门弄斧嘛。

"方才我已在西边高塔上领略到了你的高超箭术。感谢你把忠诚的夏普尔从痛苦之中解救出来。"

"不敢当。"

年轻人嘴上这么说，眼中带着露骨的不仅仅期待道谢言辞的眼神，抬头迎上王妃的目光。

他的眼神看起来像是崇拜，又像是憧憬。那是年轻男人面对王妃泰巴美奈那种难以言表的冶艳美貌最容易抱有的感情，而泰巴美奈也早已习惯了这种眼神。只是，事实并不是这样。那种毫不客气的大胆，是在把堂堂一国的王妃当成一个女人品评的眼神，更包含着一种不满于只得到了口头上的褒奖，还在继续等待具体谢礼的意图。

正在此时，一名宫女从随侍在王妃身旁的成群宫女之中冲了出来，尖叫道。

"请恕奴婢插嘴，王妃殿下，奴婢认得这个人。他是个彻头彻尾的骗子。"

宫女抬起手指，指控着这位"流浪乐师"：

"不要相信这个男人。他欺骗过奴婢，是个无耻的骗子。"

"欺骗过你？这是怎么一回事？"

"请您让这个男人和奴婢对质，您就会知道了。"

得到王妃的许可后，宫女瞪着奇夫诘问道：

"你是西斯坦侯国的王子，正在为成为一名战士而修行，所以才微服扮作乐师周游各国——就在昨晚，你不还是这样对我说的吗？"

"我确实这么说过。"

"可是刚才你对王妃殿下说你是乐师。所以昨晚你都在撒谎吗？"

宫女歇斯底里地叫着，奇夫却若无其事地抚摸着下巴。

"也不用说得那么露骨吧。那是我的梦境，而你也与我共度了一夜美梦。待到黑夜消逝清晨降临之时，梦境就如草叶上的露水般一去不返了，只余下美丽的回忆。"

肉麻这个形容词，就是为了这种台词而存在的吧。然而被奇夫以奏响乐器一般的音色说出来，听起来仿佛理所当然一样，真是不可思议。

"你看，用丑陋的现实之剑划破难得编织出来的美丽梦境，不是很愚蠢的事情吗？只要你肯相信，梦境就会化作更加甜美的回忆，在你的人生中装点上一抹艳丽的色彩。硬去计较现实中的法则和得失的话，也太不解风情了。不要一味坚持没有意义的事情嘛。"

也就是说，奇夫巧妙地令这个宫女向自己献上了财物。看着宫女哑口无言，他重新转向王妃：

"西斯坦是一个古代国家的名字，它并不存在于现世，所以不会给任何人造成困扰。但更令我感到不可思议的是，世间的女性究竟对王子这个头衔有多么难以抵挡啊。无论相伴身边的恋人多么忠诚，女人都会将他抛弃，委身于一个身份不明自称王子的流浪者。轻浮的女人真是只适合轻浮的梦境。"

尽管这个名叫奇夫的年轻人厚着脸皮故意绕开重点狡辩，但若是他闭上嘴静静坐在那里的话，那种优美和典雅的气质确实很像王族——应该说比起现实中的王族，更符合少女们的梦想。

"我已经完全领教到你的巧舌如簧了，也看到了你的箭术，接下来你该为我们展示一下本职的技艺了。"

泰巴美奈王妃轻轻扬起一只手，宫女随即搬来一台由黄金制成的竖琴。奇夫接过它，充满自信地演奏了起来。

纵使他的演奏技巧尚有不够完美之处，在场的人却也没有察觉。即使对这些久居宫中、耳朵已经被熏陶得很刁钻的人们来说，他奏响的旋律也显得优美而流畅，尤其当它萦绕在女性的耳畔时，甚至带上了些许官能上的色彩。

一曲弹毕，女人们为美貌的乐师献上热烈的掌声，而男人们也不得已效仿了起来。

泰巴美奈王妃命令侍从赏给奇夫二百枚金币。其中一百枚奖赏他的箭术，另一百枚是奖赏他的演奏。奇夫恭恭敬敬地低下头，心中却悄悄抱怨起王妃的吝啬。还以为会得到五百枚左右的金币呢。王妃接着说：

"这里面扣掉的部分，是对你欺骗了我的侍女的惩罚。"

奇夫把头低得更深了。

III

在奇夫的竖琴声无法传到的城墙四周，火焰和刀剑持续奏响着杀戮的乐章。先前人质被射杀时曾一度心生怯意不敢前进的鲁西达尼亚军，再度对城墙展开了猛烈的攻势，帕尔斯军也迎上前来，在城墙上散开了阵型。看到鲁西达尼亚军的塔车接近城墙时，一名士兵紧急向万骑长沙姆报告。

"就是那个，都是因为那台塔车上会射出带火的箭，我军才一直陷入苦战。"

"那种小孩子的玩意儿吗？"

沙姆啧啧道。于是他指示士兵们准备了大量的羊皮袋，在里面灌满油。沙姆让士兵们先举起盾站成一排，抵挡从塔车上射来的箭，然后看准箭雨停下的空隙，把刚才准备的羊皮袋架上投石机投射出去。当袋子击中塔车时便会破裂，裂缝里流出的油淋满了塔车和乘在上面的士兵们全身。

"射出火箭！"

一声令下，数百支带火的箭矢在空中划出红彤彤的轨迹。塔车和城墙顶端位于相同的高度，中间没有什么遮挡物。

鲁西达尼亚军的塔车，就这样化作了烈火之塔。鲁西达尼亚兵纷纷全身燃起火焰，惨叫着坠落到地面上，紧接着塔车本身也迅速开始垮塌。

失去了塔车的鲁西达尼亚军接二连三地把攻城用的云梯架上城墙，开始向上攀登。而城墙上的帕尔斯军则从敌人的头顶射下箭雨，泼下煮沸的油，射出带火的箭，有时还用投石机砸下巨石，把鲁西达尼亚军压扁。偶尔也有个别鲁西达尼亚士兵成功登上了城墙，但他们立即被守卫的帕尔斯兵包围起来，悉数斩杀。

叶克巴达那的攻防战就这样一直持续了十天，鲁西达尼亚军一步都没能踏进城墙以内。此前在亚特罗帕提尼会战中就已失去了五万士兵的鲁西达尼亚军，也许意识到了只靠武力正面进攻有多么愚蠢，某一天，他们使出了心理战术。

十一月五日，鲁西达尼亚军的阵前，陈列了超过一百个头颅。"快投降吧，否则就会变成他们这样！"这本身是很单纯的威胁，然而对于在其中认出了生前和自己相熟的面孔的人来说，可是不小的冲击。面对前往王宫报告的万骑长沙姆，王妃脸色一下变得惨白。

"难道，难道，陛下他……"

"不，王妃殿下，据臣所见，那其中并没有陛下的首级。只有大将军巴夫利斯大人、万骑长马努契尔夫、海尔……"

沙姆恨得咬牙切齿。看到曾经并肩驰骋疆场、交杯共酌的战友被砍下的头颅，没有人还能够心平气和。

"沙姆啊，我们应该敞开城门，正面迎击敌军。骑兵是用来干什么的啊。不能再任由鲁西达尼亚的那些蛮族为所欲为了！"

万骑长加尔夏斯夫如是主张着。

"别着急。城内还有十万大军，粮食和武器都十分充足。我们坚持撑到援军从东部边境到来为止，再和他们从城墙内外一同夹击鲁西达尼亚军，到时敌军立刻就会土崩瓦解了。有什么必要现在贸然出击呢？"

作为城内的最高军事指挥官，加尔夏斯夫和沙姆的意见屡屡相互对立。加尔夏斯夫主张速战速决，而沙姆则主张持久抗战。尤其是，当鲁西达尼亚军从城外呼吁城里的奴隶们为自由而反抗时，加尔夏斯夫想用武力镇压住奴隶们，沙姆却对此表示反对，他认为这会招致奴隶们的反感，反而徒增隐患。

"我已经说过很多次了，别着急。我们还有奇斯瓦特和巴夫曼。他们一定会率领援军赶来的。"

"什么时候来？"

加尔夏斯夫的反问虽然简短却饱含敌意，而沙姆也无法回答。就算镇守在东部边境的奇斯瓦特一行人听到亚特罗帕提尼大败的报告，立刻率军飞速赶回王都增援，说不定也要花上一个月的时间。而且，沙姆等人在军事之外，还要面对一个更加重大的问题。

"国王陛下和王太子殿下的安危都尚未可知。我们又究竟该奉谁为王，来继续战斗呢？"

加尔夏斯夫问道。

"万一陛下和太子殿下二人均遭遇不测，帕尔斯王国又将何去何从呢？"

"到那时就只好为王妃泰巴美奈大人举行加冕大典，让她作为女王统治这个国家，别无他法了。"

"啧……"

加尔夏斯夫咂了咂舌。

"如果变成那样，巴达夫夏的遗老遗少们一定会很高兴吧。曾经的巴达夫夏大公夫人成为了帕尔斯的女王！结果，获胜的不就变成巴达夫夏了吗？"

"不要拘泥于过去的事了。无论她过去是什么身份，现在她的确是我国的王妃。而且不是也没有其他更合适的人选了吗？"

即使是他们现在这样争执的时候，城外鲁西达尼亚军猛烈的攻势也仍在持续着，尤其是对城内奴隶们的喊话愈发频繁，煽动的言辞也愈发激烈了。

"城里被虐待的人们啊，人世间原本是不应该存在奴隶的。在侬亚尔达波特神的庇佑之下，众生尽皆平等。无论国王、骑士还是农民，在神面前都是同样的信徒。你们还准备在暴政的压迫下呻吟到什么时候呢？为了捍卫自己的尊严，站起来斩断枷锁吧！"

"真是信口开河。在虐待我们的不正是你们吗？"

加尔夏斯夫面露苦涩正在自言自语，一份急报传了过来。

"大神殿的奴隶们放起了火。他们用铁链打死了神官们，打算打开西城门，把鲁西达尼亚军迎进城来。"

此时加尔夏斯夫正在北门的城墙上指挥防御战，听闻此言立即把现场交由部下指挥，单骑赶往西门。在滚滚的火焰和浓烟之中，成群结队的奴隶和士兵正在推推搡搡扭打成一团。

"守住城门！不要让他们打开！"

加尔夏斯夫策马飞奔到城门时，举着火把和棍棒的奴隶们刚开始还四散奔逃，然而看到加尔夏斯夫只有一个人便一起拥了上来，想把他从马上拖下来。

加尔夏斯夫在马上挥剑左挥右砍，每当长剑闪着白光斩落下来，地上就溅起鲜血，奴隶们的尸体一具具滚落到了石板铺成的道路上。惨叫四处响起，这一次奴隶们真的打算逃走，然而沙姆已经率兵包围了周边一带。城门勉勉强强被守住了。

"加尔夏斯夫啊，杀死奴隶们会令你很自豪吗？"

沙姆有些不悦地丢下这句话，加尔夏斯夫愤怒地反驳道：

"那帮家伙不是奴隶，是谋反者！"

"除了小棍什么都没拿的谋反者吗？"

"他们可在心中举着利剑啊！"

加尔夏斯夫针锋相对地反驳，沙姆便闭上了嘴。然而凝视着那些被鞭打着拖走的奴隶，他再次开口说道：

"看看他们的眼睛。加尔夏斯夫，你杀了十个谋反者，就会制造出一千个新的谋反者啊。"

沙姆的预言不幸言中了。

翌日，被关押在北城门附近小屋里的奴隶群起造反了。

对奴隶们接二连三暴动已经忍无可忍的万骑长沙姆，请求面见王妃泰巴美奈。他费尽唇舌，向王妃提出改善事态的方法。

"已经没有别的办法了。王妃殿下，请您释放城里的全部奴隶，让他们恢复自由之身，赐给他们报酬和武器。否则，王都的难攻不落，也就仅仅存在于图画的纸面上而已了。"

王妃皱起柳眉，露出一脸困惑。

"我并非不懂沙姆卿您所说的事情。但是王族、贵族、骑士、平民、奴隶这一系列的身份制，是构成帕尔斯社会的基础。若是为了一时安泰而动摇国家根基，等国王陛下回城的时候，不知该怎样对他交代。"

沙姆对王妃的固执叹了一口气。

"您说得对。可是，王妃殿下，这个国家的根基目前正威胁着王都的安全。谁愿意被铁链绑着为国家而战呢？现在，包围着王都的敌人正在向奴隶们承诺一些我们所不能给予他们的东西。虽然他们的承诺不足以为信，但是站在奴隶们的角度想，既然现在看不到希望，自然会想要去相信他们的承诺。"

"我明白了，让我想一想。"

王妃没有做出更多的保证，沙姆不得不暂时退下。

状况一天比一天恶化了。

在王宫中被安排了一个房间住下的乐师奇夫，就像对战火和混乱都漠不关心一样，悠悠然沉浸在美食和懒觉之中，然而某一天深夜，宰相夫斯拉布将他叫到自己的房间里。

因为肠胃不好而瘦骨嶙峋仿若一个贫民的宰相，对年轻的乐师挤出了谄媚一般的笑容。

"在我看来，你不仅箭术精湛，才智也不输常人，没错吧？"

"我从小就被人这样说。"

奇夫恬不知耻地接受了宰相夫斯拉布的恭维，反倒令宰相词穷，不知该如何回答。宰相把视线游移到了装饰在墙上的细密画① 然后才像刚反应过来一样请奇夫坐下。意识到自己处于优

---

① 细密画（miniature）是波斯艺术的重要门类，一种精细刻画的小型绘画。主要书籍的插图和封面、扉页徽章、盒子、镜框等物件上和宝石、象牙首饰上的装饰图案。画于羊皮纸、纸或书籍封面的象牙板或木板上。题材多为人物肖像、图案或风景，也有风俗故事。多采用矿物质颜料，甚至以珍珠、蓝宝石磨粉作颜料。

势，年轻的乐师毫不客气地坐了下来。

"因此，有件事想拜托你帮忙。我是看好你的才智才来找你的。可以接受我的请求吗？"

奇夫没有立刻回答，而是把视线凝聚在宰相的脸上，用全身感受着周遭的气氛。他能够感到剑和铠甲的金属气息就在身旁。若是拒绝宰相的要求，大概就要和不止一个全副武装的骑士战斗了吧。而且，他现在赤手空拳没有携带武器。一旦出现什么意外倒是也有用宰相抵挡这个选项，然而这个瘦骨嶙峋的高官看上去意外地身手敏捷。

"怎么样，你接受吗？"

"这个……如果给我正当的理由和合理的报酬，以及成功的可能性，我就接受。"

"唯一的理由，就是为了帕尔斯王国能够继续存在下去。报酬不会令你失望的。"

"既然宰相阁下这么说，我愿尽绵薄之力。"

夫斯拉布满意地点了点头。

"是嘛，王妃殿下听到这个消息也一定会很高兴的。"

"王妃殿下？！"

"之所以把你叫来这里，不是我一个人的自作主张。我是奉了王妃殿下的旨意。她很信任你。"

"这真是，这真是，能对区区一介流浪乐师如此信任，实在是不胜惶恐啊。"

在欠缺诚意这一点上，双方彼此彼此。只有像猪一样愚蠢的人才会相信掌权者的客套话。

"总而言之，奇夫，我们需要你护卫着王妃殿下穿过秘密通道，把她送去城外安全的地方。"

"王妃殿下要逃离王都？"

"是的。"

"正因为国王和王妃居住在这里，这里才能被称作王都。若是二人都不在这里，叶克巴达那也就不值得被称作王都了。"

嘲讽被包裹在悦耳的美声中，宰相似乎完全没有察觉。

"让王妃逃出王宫，和国王陛下一起在安全的地方证明王权尚在，忠心耿耿的将士和百姓就会集合在那里。不必非要执着于叶克巴达那不可。"

真是只会说漂亮话啊。

"可是叶克巴达那城里还有数百万市民。他们要怎么办呢？"

奇夫的指责，让宰相一瞬间变得不悦了起来。这已经不仅是嘲讽而是指控了，宰相无法装作浑然不知。

"这和你没关系。最重要的是保护王室，没办法顾及到每一个平民。"

"就是这句话。正因为这样，善良的平民才不得不自己保护自己了，就像我这样。"

宰相没有特异能力，所以听不到奇夫内心的自言自语。他之所以能够平安无事地担任帕尔斯的宰相长达十六年之久，都是因为他能够巧妙地洞悉绝对统治者安德拉寇拉斯王的意图，在不会招惹他不快的情况下处理好王宫内外各种事宜。

一切都由安德拉寇拉斯王决定，夫斯拉布只要实行他的旨意就可以了。尽管他自己也常常借执行圣旨的机会中饱私囊，但是和大多数的贵族、神官相比还算不上太过分，而高官利用地位谋取利益，百姓为当权者无私奉献，也本应是理所当然的事情。他没有理由非要听奇夫这种身份卑贱的流浪乐师说些自以为是的话。

一百枚金币被递到了奇夫面前。奇夫表面上毕恭毕敬地收下了。送到眼前的东西没有必要拒绝。

IV

奇夫走在悠长而宽阔的，一直延伸向城外的地下水渠之中。用石头和炼瓦铺成的水渠里，随处可见点亮的火把，而流水则深达奇夫的小腿肚。奇夫和跟在他身后那名戴黑色面纱的女人，已经在这条昏暗的路上步行了大约一个小时。

奇夫从宰相口中得知，这条地下水渠是王室成员在危急关头用于脱身的。无论在哪个朝代、哪个国家都是这样。只有王室和高官拥有专用的逃生路线，普通的平民不仅不被允许使用，连它的存在都不得而知。当平民被敌人屠杀，尸身筑起高墙的时候，国王和他的一家已经逃到了安全的地方。这难道不是本末倒置了吗？国家如果灭亡了，伤脑筋的明明是国王，又不是普通平民。

"就算这么说，还真是太小看人了啊。"

奇夫同时嘲笑起宰相和自己。王妃怎么可能连一个家臣、一名宫女都不带，把自己的命运完全托付给一个流浪乐师呢。那种事情就只会发生在吟游诗人的妄想里而已。

"你累了吧，要稍稍休息一下吗？"

戴黑色面纱的女人默默摇了摇头。虽然她体型与王妃极其相似，但是对自己的声音大概没有信心吧。

"别太勉强自己了，光是装作王妃就已经很辛苦了。"

一个仿佛认输投降了一般的声音打破了漫长的沉默。果然不是王妃的声音。

"你是怎么发现的？"

"气味不一样。"

奇夫用手指轻轻点着自己漂亮的鼻尖，笑了笑。

"你和王妃殿下肌肤散发出的香气不同，即使你们用了同样的香水。"

"……"

"由你扮作替身，而在这期间，让说谎的王妃本人逃走。是这样计划的吧？"

宫女依然沉默不语。

"身份高贵的人就是这样啊。觉得别人为自己奉献是理所当然的，就算为了自己牺牲掉别人也是天经地义的，丝毫不懂得感谢。真是一群傲慢的家伙。"

"我不允许你这样诽谤王妃殿下。"

"哎呀哎呀……"

"无论王妃殿下和宰相大人是怎样想的，我所该做的就只有忠实地服从命令，完成自己的使命而已。"

"这就叫做奴性啊。"

奇夫毫不留情地说。

"就是因为有你们这种盲目献身的人存在，才纵容了那些身份高贵的家伙为所欲为。把那些家伙惯得傲慢起来，最终的结局，还是你们这些人自己吃苦头。这种事我才不要干呢。"

"那么就是说，你不愿再继续带我往前走了吗？"

"我所接受的任务是护卫王妃，而不是护卫假扮成王妃的宫女。就算在这里甩手不干，也没有被责怪的道理了。"

突然，奇夫将顾长的身躯向后一仰，闪过了宫女刺来的短剑。第二击接踵而至，而他再次轻松躲过了。奇夫脸上浮起一抹苦笑。

"喂，到此为止吧。就算我是一个不忠的人，可我并不想朝美人拔剑哟！"

苦笑瞬间烟消云散。第二剑刺出的同时，宫女的膝盖狠狠踢在奇夫的股间要害。

趁着奇夫讲不出他的油腔滑调，宫女踩起水花跑掉了。她打算返回宫中报告情况。奇夫本想提醒她方向弄反了，但是发不出声音来。

向前跑了一段距离，宫女迷了路，只得茫然地呆站在火把微弱的亮光下面。突然，她在附近看到了异样的人影，随即惨叫起来。

"这真是这真是，荣耀非凡的帕尔斯王妃殿下如今忘记了百姓的苦难，正准备独自逃走吗？"

火把的光芒反射在银色的面具表面，微微散射开来。

"该说和那个安德拉寇拉斯还真是一对般配的夫妻嘛。身为一国之君的责任心都到哪里去了？"

令人毛骨悚然的银面具身后的黑暗中，还摇曳着数十道人影。宫女在恐惧之中回想起了自己的使命。

"汝为何人？"

平凡却沉重的质问，被透过银面具传来的冷笑回敬了过来。

"立志要在帕尔斯推行真正的正义的人。"

声音在墙壁和水面上激荡起回音，融化在黑暗之中。

那声音中带着一丝冷笑，却全无嘲弄之意。至少戴银面具的男子本人，对于自己是正义化身一事深信不疑。

宫女在恐惧中瑟缩着身体，然而她仍然试图脱逃，脚下掀起水花狂奔了起来。而当她的视线掠过一张认识的面孔，不禁发出了惨叫。

"万骑长卡兰大人！您怎么在这种地方……"

"你叫他卡兰大人？"

戴银面具的男子抓住破绽追问起来，内心霎时从狐疑变为了确信。

"这家伙不是王妃！"

男子一把扯下面纱，一张虽然也算端正，美貌却远远不及泰巴美奈王妃的年轻女性的面孔露了出来。瞪着那张由于恐怖而变得惨白的脸，银面具瞬间领悟了事情的全部真相。

"那个老糊涂巴夫利斯也是，你也是……不管是谁都摆出一副忠心耿耿的样子总来碍我的事！"

咬牙切齿的声音从银面具嘴巴位置的细缝里挤出来。周围的骑士们都不寒而栗地缩了缩脖子。

宫女的脸因为惊恐而扭曲了，随即被痛苦的表情所占据。戴银面具的男子掐在她脖子上的手毫不留情地加重了力道，从面具上双眼位置的缝隙中，迸射出令人难以直视的红光。

在宫女猛抓着空气的双手无力地垂下去之后，银面具依旧加重着手上的力量，直到一声颈骨折断的闷响传来，他方才放开了这个不幸的宫女。

宫女的身体像木棒一样僵直地倒在浅浅的水面上，溅起几滴水花，落在银色面具的表面上。

银面具一言不发地在水中迈开脚步准备离开。仿佛把自己的愤怒、憎恶与失望，都随着宫女一起水葬了一样。

"等一下！"

一个锐利的声音让戴银面具的男子停下了脚步。一行人回头望去，只见一个身姿优雅容貌秀丽的年轻人，沐浴在火把摇曳的微光中，正朝他们一步步走来。

"即使她算不上绝世美人，但你又何苦杀掉一位美女呢。如果还活着，说不定她会幡然悔悟，献上财物养活我啊。"

能说出这种话的，除了"流浪的乐师"奇夫之外别无他人。在一片不友好的沉默之中，他缓缓走上前来，脱下自己的披风，盖在已经被水淹没了一半以上的宫女的遗体上。

"能把你的脸露出来吗，帅哥？

"还是说，你的血管里流淌着的不是血而是水银，所以才变成这副尊容了呢？"

"你们给我拍扁这只烦人的蚊子。我去追真正的王妃。"

抛下这句话，戴银面具的男子转身而去。卡兰紧随其后一并离去。五名骑兵挡在奇夫身前。

一连串剑锋出鞘声响起，五道剑光在奇夫的面前编织成了一面网。或许该说敌人很难缠，奇夫背靠着水渠的墙壁，避免了被从四面同时包围。他刚刚拔出自己的佩剑，敌人的第一剑已经划破空气袭来。

剑锋交击的声音回响在地下水渠的墙壁和天花板之间，回声一重叠着一重。深达小腿肚的水面上溅起飞沫四散开来，把火把的光芒染成了不祥的颜色。

"一个！"

和计数的声音同时，一朵硕大的水花夹杂着数抹殷红高高溅起。

每当奇夫的剑反射起火把的光亮，鲜血就混合着水流向空中喷起一道逆流的瀑布。若是戴银色面具的男子在场，也无法对奇夫精湛的剑术视若无睹吧。即便如此，在把第五人也斩杀在剑光之下的时候，奇夫也消耗了相当多的时间和体力。敌人绝不是等闲之辈。

"那么，现在是要去救说谎的王妃殿下呢，还是拿多少金币做多少工作，就此收工呢？"

奇夫抚摸着下颌认真思考着，最终，他选择了第三条路。顺着地下水渠回到王宫，在混乱之中浑水摸鱼带走一些财宝。若是只有自己一个人，他便有信心无论何时都能做到自保。

正要迈开步伐，奇夫却又停下了脚步。他弯下腰去，在方才亲手斩杀的鲁西达尼亚骑士们的尸身上细细搜索，并找到了几个小小的羊毛袋。打开袋口，确认里面装的是鲁西达尼亚金币之后，他厚着脸皮做了个俯首道谢的动作。

"死人不需要这种东西。我会好好使用它们的，感谢我吧。"

自不必说，死者是无法回答的，但奇夫也毫不介意。他跨过骑士们的尸体，沿着昏暗的地下水渠回身朝着叶克巴达那城的方向走去。

V

当宫中发生异变的时候，万骑长沙姆正在城门上方指挥防御战。这一晚，鲁西达尼亚军的攻势非常激烈，他们沿着云梯攀上城墙，即使对他们射下箭雨，一次又一次地击退他们，他们仍旧不断地重整队形发起猛攻。

当然，这一切都是为了掩护那个戴银面具的男子从地下水渠侵入城内。不能留给帕尔斯军一点喘息的机会。

城墙之下，鲁西达尼亚军的尸体堆积如山，尸山上又反复重新架起云梯，幸存的士兵依旧接二连三不断向上爬，攻势之猛烈非比寻常。

当王宫燃起大火时，夜已过半。沙姆从城墙上看到这番景象，便立即命令部下继续防守在原地，自己则从城墙上降下，策马飞奔赶往王宫。

浓烟笼罩了整个王宫，刀剑交锋的声音随处可闻。沙姆翻身下马，斩杀了两名来袭的敌人，却在遇到第三人的时候无法掩藏自己的震惊。

"是，是你，卡兰……"

单手提着染血的剑，沙姆呆呆地看着旧友。然而这也只是一瞬间，从亚特罗帕提尼战场带着半条命历尽艰辛逃回王都的战士不是说了嘛，正因为卡兰投靠了敌人，才导致帕尔斯军大败的。当时沙姆还不相信，但是报告的人和被报告的人哪一方说的才是实情，答案马上就要揭晓了。

沙姆的手腕卷起一阵风。

刀身激烈地碰撞，火花在黑暗中飞舞。下一个瞬间，双方交换了位置。卡兰的第二刀划破夜风迅猛地袭来，然而在伤到沙姆的脖颈前，就被沙姆举剑格挡开了。

激战在薄烟和宫中人们的惨叫声中不断持续着。卡兰的头盔飞掉了，沙姆的铠甲出现了裂痕。刀锋与刀锋从奇妙的角度彼此交缠，二人在极近的距离相互瞪视着。究竟已经缠斗多少回合了？两个人都已经不记得了。

"卡兰，你为什么叛变？"

"那是有原因的，你不懂。"

"当然不懂，我怎么可能懂！"

剑刃相互分开，两个人也随即各自向后跳去。沙姆愕然发现四周已经完全被卡兰的同党包围了。但他没能连拿着投枪站在自己身后的银面具男子都注意到。和沙姆相反，卡兰显得游刃有余。

"投降吧，沙姆，只要改信依亚尔达波特教，你的性命和地位都能得到保证。"

"狗还口口声声说什么人类的地位，真是肚子都笑疼了！"

沙姆大骂着一剑刺向卡兰的面门，卡兰侧过身避开了这一击。瞬息之间，沙姆没有放过卡兰露出的破绽，猛地冲向他身旁，不到一回合就斩杀了挡在面前的骑士。再前方就看不到人影了，沙姆似乎已经成功突破了重围。

就在这个瞬间，银面具掷出了手中的投枪。长而沉重的枪穿透铠甲刺进了沙姆的后背，再从他的胸口刺出。沙姆的身体无声地向后仰去。此时又有两名骑士追上前来，用剑刺进了他的身体。

即使身体上刺着一支投枪和两把长剑，沙姆仍在原地站了好一会儿。终于，铠甲发出沉重的响声，他整个人缓缓倒在了石板铺成的地面上。

"太可惜了。"

银面具的自言自语融化在夜风中，原本应该没有任何人能听到，然而卡兰却点了点头，一定是因为他也在这样想吧。卡兰低头俯视着老战友，突然表情微微一变，跪下身去探了探沙姆的脉搏。

"这可真是想不到，他居然还活着。"

鲁西达尼亚军从卡兰攻破的城门一拥而入，用马蹄践踏着发出惨叫四散奔逃的叶克巴达那市民，在骑兵和他们擦身而过的瞬间突然他们的头被狠狠击碎，从背后被枪刺透他们的胸膛，连女人和小孩也难逃毒手。对鲁西达尼亚的士兵来说，每杀掉一个异教徒，就离天国更近了一步。

加尔夏斯夫仍然在努力试图阻止这股人马的奔涌前进。他一边大声鼓舞着惊慌失措的部下，一边挥剑策马挡在入侵者面前。

然而，就在这一瞬间，鲁西达尼亚兵刺出的长枪贯穿了马匹前腿的根部。马儿发出长长的哀号，把骑手从马鞍上甩了出去，随即朝着侧面倒下。正当摔落在地面上的加尔夏斯夫勉强撑起半身时，鲁西达尼亚兵的剑从上、左、右、前、后五个方向同时刺了过来。万骑长加尔夏斯夫就这样化作了血淋淋的肉块。

黎明的微风，夹杂着血腥的气息，吹过叶克巴达那城中的街道。

被鲜血和酒精迷失了理智的鲁西达尼亚兵单手拖着女人，踩在市民的尸体上四处游荡。

戴着银面具的男子从王宫的一角俯瞰着这座被鲜血和罪恶玷污的城市。

"就借着今天的胜利肆意妄为吧，你们这些鲁西达尼亚野蛮人。"

银面具毫不掩饰地对原本和自己处于同阵营的鲁西达尼亚军抛下轻蔑的自言自语。

"你们这些禽兽，越是在愚蠢与鲜血中尽情狂欢，帕尔斯人民越是渴求救世主的降临，渴望能出现一位英雄赶走你们，光复国土。到那时，你们再为今天所犯下的罪行付出代价吧。"

又有一群鲁西达尼亚兵从他的脚下跑过，他们正为了掠夺而奔向大神殿。无惧于帕尔斯国王的他们，对帕尔斯的神明也不抱有半点敬畏之心。况且还有以神的名义捣毁所谓偶像崇拜的根据地的大义名分。他们竭尽全力破坏了神殿的大门，蜂拥而入。

现在，在帕尔斯神话中登场的诸神之像，就排列在他们的左右。

头戴黄金皇冠、身披海狸皮衣的水之女神亚娜西达。她同时也是掌管出产的女神。

拥有金色鬃毛的白马，是雨神迪休特略的化身之姿。

手持巨大乌鸦羽毛的胜利女神乌尔斯拉克纳。

象征美丽和幸运的女神，同时也是处女的守护神，光辉灿烂的亚希。

据说拥有千耳万眼，通晓天界人间万事万物的契约和信义之神密斯拉。他同时也被奉为军神。

鲁西达尼亚兵哄闹着一拥而上，合力把这些神像从台座上拉下来。神像的材质不尽相同，有的由大理石雕刻而成，也有的是在铜像上贴金箔制成的。

大理石的神像倒在地上摔得粉碎，铜像表面的金箔则被扑上去的士兵们的手和剑尖剥得一干二净。士兵们嘴里喊着诸如"异教的瘟神！""邪恶的魔神！"此类信仰上的借口，拼命把撕下来的金箔塞进怀中，朝众神的脸上啐着口水。

"猪还真是做得出像猪一样的事啊。"

突然，冷冷的嘲笑声打断了他们手中的动作。一个帕尔斯年轻人的身影，出现在倒塌的神像之间。

"竟然残忍地破坏如此美丽的女神像，你们这些混账难道就没有一点爱美之心吗？做出这种事不就证明自己正是蛮族了吗？"

鲁西达尼亚士兵面面相觑。其中有人听得懂大陆公路的通用语帕尔斯语，反骂了回去：

"你这崇拜偶像的魔道之徒还胡说什么啊！待到世界终结之日，唯一神依亚尔达波特降临时，你们这些异教徒就要被打下地狱万劫不复了。到时再后悔可就来不及了！"

"那种到处都是你们这些鲁西达尼亚猪恬不知耻横行的天国，你还以为谁想去啊？"

年轻人——奇夫，边用言辞向对方射去刻薄的毒箭，边摆出随时都能拔剑的姿势。鲁西达尼亚的士兵们持剑在他周身组成了一个包围圈。

"美丽的幸运女神亚希，守护清泉、润泽大地的女神啊。"

奇夫仰面朝向天空，仿若吟唱起献给美女的诗篇。

"您的信徒之中容姿最为秀丽的美男子就要被这些脏兮兮的鲁西达尼亚猪杀掉了。若您有心，还请加护于我！"

能听懂帕尔斯语的人闻言勃然大怒，听不懂的人也心生不快。一名貌似队长的士兵举起手中的宽刃剑。

奇夫的剑映着月光划出一道银色的弧线，将跃向自己的鲁西达尼亚队长手中的剑挑起，高高地飞上夜空。还没等队长从这太过轻易的败北中回过神来，奇夫已然逼近他的身畔。

奇夫用左手反扭住队长的右手腕，右手平平端起长剑，边威胁着鲁西达尼亚兵边一级一级走下石头台阶。

鲁西达尼亚兵彼此交换着慌乱不安的视线，畏畏缩缩地向后退去。他们已经完全领教到，眼前这个集优美的容貌和轻佻的言行于一身的年轻人，剑术有多么高超卓绝。也许索性就让他把队长干掉，还能少感到一点挫败感。

"不许动，你们这些天杀的蛮族。"

奇夫用仿若歌唱一样的优美音调威胁着鲁西达尼亚兵。

"只要有人再往前一步，你们队长的身高就只到肩膀了。听得懂人话的家伙就把这句话翻译给其他猪听！"

真是想说什么说什么。

"好了，美丽的女神亚希哟。我略微为您洗刷一点点屈辱了。接下来，我要让这些猪向您献上赎罪的布施了。原本就是从帕尔斯的百姓和王宫里抢来的东西，请您开心地收下吧。"

奇夫提高了声音。

"那边的猪，脱下你的披风，然后把你所有同伴抢来的东西都放在这里。如果不愿意的话，你们队长的身高就……"

尽管确实不情愿，但是鲁西达尼亚士兵们被奇夫的气势彻底压倒了，并没有反抗。

五分钟之后，奇夫让队长背上包着战利品的披风，走回了地下水渠。鲁西达尼亚兵这才敢在厚重的门外大吵大叫起来，但奇夫完全无动于衷。

奇夫在路上随便找了个地方，用剑柄把队长敲晕让他靠在墙上，然后自己背着装满战利品的包袱，走出地下水渠来到了城外的森林之中。此时，和王城相反的方向正冒起滚滚浓烟。

大约是鲁西达尼亚军又在哪里的村落开始烧杀掠夺了吧。明天早上，又要有几百个异教徒的首级被挑在枪尖上，悬挂在城墙之下了。

"真是悲惨的结局啊。"

背着一大包财宝，这可要去哪里找匹马了——奇夫这样想着，迈开脚步向前走去。

"如此，英雄王凯·霍斯洛登上黄金宝座，诸王跪拜在地，宣誓服从，帕尔斯国就此统一……"

奇夫低声吟诵起建国传说中的一章，双眼中已经不见了之前那种活泼得略显轻佻的眼神，取而代之的是仿若反射着星光的利剑般坚毅而锐利的光芒。

帕尔斯将要灭亡也是没有办法的事情。这个国家原本就是建立在其他国家的灰烬之上的，就只是从灰烬中产生的东西再重归于灰烬而已。然而即使如此，他也无法坐视鲁西达尼亚的野蛮人用铁蹄践踏着帕尔斯的大地，肆无忌惮地掠夺和虐杀。这和他乘乱获取一点微薄的利益是完全无关的两件事。总有一天会让他们付出代价的。

在天色完全亮起之前，奇夫把王都抛在身后，在最后一片夜色之中消失了踪影。

VI

此刻的王宫，已经沦为了身披铠甲的食肉野兽们的狩猎场。

"找出王妃！抓住王妃！"

闯入王宫的鲁西达尼亚兵的怒吼和脚步声，粗暴地回荡在马赛克花纹的地砖上。

俘获王妃泰巴美奈，是鲁西达尼亚兵被委与的任务，但这同时也满足了他们个人的私欲。他们强暴惊惶奔逃的宫女，将她们杀死，再夺走她们的项链和戒指，一次就能同时发泄三种欲望。

无论对异教徒施以多么野蛮的暴行，都会得到依亚尔达波特神的原谅。主教们对这一点做出了保证。越是迫害异教徒，就越是奉行神的旨意，尽到作为信徒的义务。找不到任何值得犹豫的理由，尤其是还能顺便释放自己的兽性……

就这样，王宫中充满了胜利者的狂笑和战败者的惨叫。这座由大理石筑成的、直到安德拉寇拉斯王出阵之前都充满了奢华感的壮丽的建筑物，如今却化作了鲜血与耻辱的沼泽。

戴银色面具的男子独自一人在宫中走来走去，但他的目的和鲁西达尼亚兵并不相同。无论皮革长靴上染满鲜血，还是踩到被砍断的人体，他都无动于衷。没有任何人听到面具下的喃喃自语。

"那个女人一定不会料到叶克巴达那陷落得如此之快。她一定是试图用替身引开鲁西达尼亚军的注意，打算待到警戒松懈便趁机逃脱吧。也就是说，在某处一定有密室或者其他的通路……"

银面具停住了脚步。只见一块被剪断了一半的厚刺绣帘像毛虫一样蠕动着。银面具环顾一番，确认周围没有想抢功的鲁西达尼亚兵后，便大步流星地走上去掀起帘子，一个蜷缩着的人影随即露了出来。

那是一名身着大神官服装的中年男子。身上那件由黄金和紫色搭配而成的华丽的僧衣，不仅没有将这个肥胖男人衬托出神圣气质，反而强调了他的卑俗。

"我改信！我会改信的！"

还未等银面具开口，大神官便匍匐在地涕泪横流。

"我也会让弟子们改信！不，我会让全国的神官们对依亚尔达波特之神宣誓效忠，所以请您千万饶我一命！"

银面具正要像无视猪叫一样不屑地拂袖离去，大神官突然用混合了卑屈和狡猾的声音大喊道：

"其实我知道泰巴美奈王妃藏在哪里！"

戴银面具的男子向大神官投去凌厉的视线。大神官畏畏缩缩，却仍然恬不知耻地说道：

"我全部都告诉您，请您允许我改教并饶我一命。"

"我知道了，你先说说看。"

就这样，泰巴美奈王妃被自己赐予了各种特权和恩宠的大神官出卖给了敌国。

王妃到底是王妃。当她和数名宫女一起被从酒库地下的密室拖出来的时候，她从容地直视着银面具，毫不畏惧。银面具也回瞪着她。

"是的，就是这个女人。令安德拉寇拉斯迷恋不已的前巴达夫夏大公夫人。"

那是仿若从深深井底汲起沉淀已久的记忆之水的声音。泰巴美奈表情纹丝不动，脸色却明显地苍白了。

"还是当年的样子丝毫没变。只要吞噬掉男人们的生命和命运就能一直维持这种美貌，妖怪！"

骂声中蕴含的深深憎恶，足以让众人倒竖起汗毛。

叶克巴达那城头飘扬起两面旗帜，分别是鲁西达尼亚的国旗和依亚尔达波特的神旗。两者只有底色不同，图案完全相同，都在正中央绘有一枚由两条短横线和一条长竖线构成的银色纹章，边缘也都镶着银色。国旗底色为红色，神旗则是黑色。红色代表着人世间的权势，而黑色代表天上的荣光。

鲁西达尼亚的将领们边仰望着这两面旗帜，边彼此交谈着。

"银面具好像抓住了王妃泰巴美奈。"

"喔，他一个人就抓住了国王和王妃吗？这可真是立下了大功啊。"

"那个男人果然是真心决定为我们鲁西达尼亚尽忠了。"

"哼，若真的是那样，他为何直到现在都不告诉帕尔斯人，他们的国王已经沦为阶下囚了呢？"

混杂了不信任、猜疑和厌恶的声音高高响起。

"如果得知国王被俘，帕尔斯的异教徒们一定会丧失抵抗的意志，我们也早就能攻下这座城了，可是他为什么没说呢。那条地下水渠也是，只管自己抄近路轻轻松松潜入城内，却让我们傻乎乎地从正面硬碰硬。"

"大概是为了独占战功吧。虽然很令人不爽，但是心情可以理解。"

"是啊，也许真的只是这样。可是，总觉得他好像有什么企图似的。"

戴银面具的男子听不到这些对话，而且就算听到了应该也丝毫不会在意。他正把擒获的泰巴美奈王妃带到鲁西达尼亚国王伊诺肯迪斯七世面前。此时他们身处谒见国王用的大厅，不久前这里才刚刚匆忙清理掉了大量的血迹和尸体。

鲁西达尼亚国王伊诺肯迪斯七世看上去既不像强大的征服者，又不像暴虐的侵略者。他的个子很高，肌肉也很结实，然而脸色很差，皮肤也欠缺活力。他的双眼中散发着热情，却并非对存在于人世间的事物所抱有的热情。

他被誉为模范的依亚尔达波特教信徒。他不喝酒、不吃肉、每天做三次礼拜，三十年如一日从未间断过。十岁那年他曾经罹患重病，那时他就立下誓言，直到灭掉异教徒的大国，在其都城建起依亚尔达波特教的神殿为止决不结婚，因此现年四十岁的他仍是独身。

"烧掉一切违背圣典教谕的淫秽书籍，消灭世上所有异教徒"，是他赌上一生的理想。他在位已有十五年，其间杀死了三百万异教徒——其中甚至包括婴儿，烧毁了上百万册魔法、无神论以及异国文化相关的书籍。他拔下了宣扬"神不存在"的学者的舌头，为幽会怠慢了去寺院礼拜的男女则被烧红的巨大铁签"将二人身体合二为一"。

正常情况下，异教徒的王妃若是与这种身为狂热信徒的国王狭路相逢，便唯有被最残酷的刑罚处死一途。然而，家臣们这次猜错了。

看到泰巴美奈的容貌，鲁西达尼亚的国王沉默了好一阵子。巨大的冲击渐渐在他的整张脸上扩散开来，随即他的全身也微微颤抖了起来。

几名家臣不禁面面相觑。不祥的阴影顿时落在他们的心头，他们一言不发地凝视着自己的国王和已经亡国的敌国王妃。

第四章　美女们与野兽们

I

据称，国王伊诺肯迪斯七世亲自率军从祖国出发时，鲁西达尼亚军的总兵力尚有骑兵五万八千人，步兵三十万七千人，水兵三万五千人，共计四十万人。此后，在征战马尔亚姆王国时战死了三万二千人，在亚特罗帕提尼平原上又失去了五万余人，在叶克巴达那攻城战中又折损了二万五千，目前剩余兵力已经低于三十万人了。

当虐杀和掠夺的风暴暂告一段落，鲁西达尼亚军的主将们就必须思考要如何维持对大国帕尔斯的恒久统治。而正当此时，一个自从离开鲁西达尼亚本土以来最令人震惊的消息传来，使得他们一下子手足无措。

他们的国王伊诺肯迪斯七世，想和帕尔斯的王妃泰巴美奈结婚。

"话说回来，帕尔斯的王妃究竟多少岁啊？"

"这个嘛，大概不到四十岁吧，也不算是配不上陛下的年龄。"

"问题不在这种地方。那个女人不仅是一国正式的王妃，而且还是异教徒。根本不能和这样的人结婚不是吗？"

由于事态太过意外，不知所措的将军们集体面见国王，试图劝他放弃这个莽撞的想法。

"帕尔斯的王妃泰巴美奈是一个不祥的女人，此前和她扯上过关系的男人全都遭遇了不幸。"

"用不着非要找异教徒，而且还是别人的妻子。以陛下的威光，世上不知有多少人愿意成为您的王妃。请让臣从鲁西达尼亚本国挑选最好的美女献给您吧。"

国王像闹起别扭一样沉默着，这原本就是让他为难。看到国王的态度，一名将军忍不住大声诘问国王：

"巴达夫夏大公卡尤马尔斯、他的宰相、帕尔斯王欧斯洛耶斯五世以及安德拉寇拉斯三世。请您看看这些迷恋泰巴美奈的美貌而招致不幸的男人的下场。陛下您想成为第五人吗？"

伊诺肯迪斯王一言不发，似乎受到了很大的冲击。迷信般的恐怖和远远凌驾于它之上的执着心在国王笨重而脆弱的体内相互争执不下。隔了一会儿，他才终于说道：

"可是，那些不幸的男人不都是没有受到依亚尔达波特神护佑的异教徒吗？或许这是神对她的试炼。也许她的命运就是成为一位虔诚的依亚尔达波特教徒的妻子也说不定。"

既然事已至此，将军们也没什么可以反驳的了。他们对国王的执迷不悟和巧舌如簧不愉快地咂了咂舌，无奈地暂时退下，等待下一个进谏的机会。

黄金、钻石、祖母绿、红宝石、蓝宝石、珍珠、紫水晶、黄玉、翡翠、象牙……帕尔斯王宫的宝库里堆积如山的财宝，夺去了鲁西达尼亚人的目光。他们在心里默默感叹，自己竟然战胜了如此富裕强盛的大国。就算倾尽全力搜刮鲁西达尼亚全境，也找不出这么多金银财宝，所以他们才会在对外侵略的路上狂奔不已。

国王和王妃专用的马儿，鬃毛和脖子上涂满了番红花的香料。照亮宫殿通路的火把里掺有麝香，一边燃烧一边飘散出芳香。

王宫的宝库并未成为士兵们的掠夺对象。与王宫其他房间或百姓家中不同，在这里掠夺的人会被处以火刑。

"帕尔斯真的远远比传言要更加富有呢。"

"这里的一切都属于神！绝不允许碰它们一根手指。"

将军们并不喜欢伊诺肯迪斯王所抱有的纯粹的信仰。他们抛下了全是石块、缺少水源和绿洲的祖国，去侵略并未给自己造成任何困扰的异教徒的国土，当然对外宣称是为了维护依亚尔达波特神的荣光，消灭世界上所有异教徒。然而，随着亚特罗帕提尼平原大捷和攻陷王都叶克巴达那，维护神之荣光的使命已经完成了。接下来，难道不是该轮到人类获取实际利益了吗？

尽管盲信着神的国王宣称，要把一切都献给神。但是最终负责管理那些属于神的财宝的，不还是以波坦为代表的"圣职者"们吗？他们究竟为征战和取胜出过什么力啊。

再加上执意迎娶泰巴美奈王妃一事，对国王的不满日益强烈的鲁西达尼亚武将们，对王弟吉斯卡尔公爵的期待开始日益高涨。

身为国王的弟弟，吉斯卡尔拥有公爵、骑士团长、将军、领主等等用尽全部手指脚趾也数不过来的头衔。他的身高和哥哥相仿，但肌肉远远比哥哥更加结实而年轻，目光和动作中都充满了活力。与眼中只有神明和圣职者的王兄不同，他更加关心人世间的事物。他认为，只有能够支配一切，独占一切财富，降生于世间才有意义。

原本，以弟弟的话来形容就是"神灵附体"的伊诺肯迪斯王，并没有足以横穿大陆西部三分之一面积的远征能力。

"补给要怎么办啊，哥哥？"

当吉斯卡尔如此询问时，他竟然回答："神会为信徒降下天界的慈悲。"

伊诺肯迪斯就是这样的一个人。最后，整编起四十万人大军、制定出补给计划、准备好船团、确定下前进方向并在实战中率领将军们取得胜利的，全部都是吉斯卡尔公爵。而王兄全程都只在对神祈求胜利，从未执掌过一兵一卒。他甚至连马都没有骑过，一路上都只乘着马车或轿子千里迢迢来到这里，简直令人佩服。

鲁西达尼亚事实上的国王是我，实际征服帕尔斯的也是我，吉斯卡尔这样想着。他对来到他身边朝他抱怨的将军们的不满深有共鸣。

"你们的心情我完全理解。从很早以前我就一直觉得，王兄一味重用那些只有伶牙俐齿的圣职者，太忽视你们这些立下战功的将领了……"

王弟吉斯卡尔声音虽低，却激动不已。尽管他是在为了实现自己的野心而煽动将军们的不满，但这番话本身没有丝毫不实之处。尤其对那个仗着国王宠幸恣意妄为的大主教波坦，他更是极度不满。

"王弟殿下，您看那个混账波坦，成天打着讨伐异教徒啊、驱逐异端啊、狩猎魔道士啊之类的旗号，只知道折磨和虐杀那些无法反抗的弱者，一次都没走上战场和敌人亲自交过手。为什么那种人会比赌上性命战斗的我们更加轻而易举地得到更多财富和权力呢？"

"之前那次也是。那个夏普尔虽然是一名异教徒，但他也是一位令人敬重的勇士，若他双手自由的话，只怕捏死区区一个波坦就像捏死一只小鸡一样不在话下。波坦一边鞭打着他一边大吼大叫的样子简直太丢人了，就像发疯的猿猴一样。"

将军们的这些愤怒和不满，对吉斯卡尔来说，是一份贵重的情报。就算有人啰啰嗦嗦地抱怨上一大堆，吉斯卡尔也绝不能冷淡地敷衍他们。

听闻王兄迷恋上了帕尔斯的王妃，吉斯卡尔最初的反应是暗自冷笑。

"连哥哥也有对女人着迷的一天吗？看来人果然不能只靠对神的信仰活着啊。话说回来，一定要找的话又何必找那种半老徐娘，找个年轻女孩就好了嘛。"

然而，当吉斯卡尔在好奇心的驱使下暗中窥视过被囚禁的泰巴美奈王妃之后，就再也笑不出来了。泰巴美奈拥有的不仅是美貌，或许还有一种吸引力，专门蛊惑着身居权力中心及其周边的人。

这次连吉斯卡尔都悄然懊恼了。此刻，向他提出忠告的是他非正式的参谋兼远征军的地理向导，一个真实身份连吉斯卡尔本人也不得而知的男子。这名决不会在人前摘下银色面具的男子，劝诱般地对公爵夸下海口。

"待到王弟殿下大志得偿之时，别说一个，就算是一万个美女，都会任您予取予求。而您又何苦对一个亡国的，况且还身为他人之妻的女人这般执着呢？"

"嗯，所言极是。"

吉斯卡尔点了点头，仿若为了排遣自己的恋恋不舍般把一杯葡萄酒一饮而尽，便去觐见王兄了。无论如何，能够爽快放弃，是他和王兄最大的不同之处。

II

即使是在将军们面前搬出神明啊命运啊等等借口，试图将迎娶泰巴美奈一事正当化的伊诺肯迪斯七世，面对着神的时候也不免犹豫了，无法向神开口坦承自己的愿望。他把自己关在尚有血迹未被完全打扫干净的安德拉寇拉斯王的寝室里，独自一人闷闷不乐。由于他平日滴酒不沾，摆在那张来自绢之国的紫檀木桌上的银杯里竟然注满了砂糖水。这也是吉斯卡尔对哥哥感到厌烦的理由之一。即便如此，吉斯卡尔依然极力维持着冷静，向王兄述说自己对他和泰巴美奈结婚一事的赞成。

"哦哦，是吗，你赞成吗？"

伊诺肯迪斯七世苍白的脸庞上泛起喜色。

"当然赞成。而且，这并不是只为了哥哥您一个人。若是帕尔斯王妃和鲁西达尼亚国王成婚，就意味着两国关系会变得更加紧密。"

"是啊，正如你所说。"

伊诺肯迪斯王伸出肥胖松弛的双手，握紧了比自己年轻五岁的弟弟那双强而有力的手。

"虽然发生过不幸的流血事件，但是现在必须忘记过去的事情了。鲁西达尼亚人和帕尔斯人必须在唯一绝对神的庇佑下，在这片大地上携手共建起王道乐土。为了这个目标，我的确有必要和泰巴美奈结婚。"

吉斯卡尔无语地注视着转瞬之间就成功地将自己正当化的兄长。携手共进，说得可真好听。让刚刚还遭到这么残酷对待的帕尔斯人"忘记过去"怎么可能。他心里这么想着，说出口的却是其他的话语：

“只是，哥哥您的婚事，还面临着两三个问题。”

听到这番话，鲁西达尼亚国王不安地来回转动着眼珠。

“我心爱的弟弟啊，你指的到底是什么呢？”

“首先就是大主教强·波坦。那个啰嗦的大主教一定无法接受泰巴美奈王妃是异教徒这个事实。您准备怎么办？”

“原来如此，不过这个问题嘛，只要命令大主教让泰巴美奈改信依亚尔达波特教就解决了。若是大主教想要，帕尔斯王室的财宝之类无论多少都可以捐赠给他，再不够还有我们鲁西达尼亚王室的财产……”

就算开玩笑也该懂得点分寸，吉斯卡尔在心中大骂着。为了夺取“帕尔斯王室的财宝之类”，鲁西达尼亚军究竟付出了多少牺牲，哥哥一点都不明白。

随意找了个时机结束了对话，吉斯卡尔便就此告退，回到自己的房间，一杯接一杯地灌着葡萄酒。就像砂糖水喝多了一样，他感到恶心反胃。

正在此时，戴银色面具的男子走了进来，吉斯卡尔立刻连珠炮般向他复述了方才会谈的情况。

“这很好啊。”

银面具赞扬了王弟方才的应对，并在他耳边吐出了恶毒的言语。

“如果国王陛下对波坦那混蛋的捐赠过于慷慨，将领们的不满一定会与日俱增。假如波坦还愚蠢地墨守教义，妨碍陛下成婚的话，陛下也一定会对他心存不满。无论哪一种情况，对殿下都有百利而无一害。"

"你说得对，这样就太好了。可是话说回来，王兄真是什么都不懂。帕尔斯境内还残留着大量的敌人，密斯鲁、辛德拉、特兰的动向也令人难以高枕无忧。别说什么结婚了！万一他们联手入侵的话……"

吉斯卡尔突然闭上嘴，表情稍稍变了一下，转身看向银面具。他似乎突然想起了什么。

"说起来，在亚特罗帕提尼会战的时候，你也帮了我不少啊。"

"不敢当。"

"那时亚特罗帕提尼平原起了一场原本不会起的大雾，有人说是魔道士施的法术。"

"…………"

"确实，那场雾出现得也太及时了。不管布下怎样的良策，若是没有那场雾，我们绝不可能战胜帕尔斯军。"

"在依亚尔达波特教的教义中，魔道不是终究还是无法胜过神明吗？那是神的加护哦。"

"嗯……"

吉斯卡尔仍然无法完全释怀。但或许是酒精使他的思维变得迟钝而疲倦，他没有继续追究，任由银面具离开。

银面具毫不迟疑地在王宫长而曲折的走廊上快速穿行着。他无视了途中擦肩而过的鲁西达尼亚将士向自己投来的厌恶目光，习惯性地自言自语道：

"巴达夫夏公国亡国的时候，那个女人活了下来。帕尔斯王国暂时处于亡国状态的现在，那个女人仍然还活着。待到鲁西达尼亚王国亡国的时候，可不会再这样了。等到去了地狱，再见到那些因她而死的男人，她要对他们说些什么啊。"

当宽阔却在很短时间内就被破坏殆尽的中庭出现在眼前时，银面具停下了脚步。卡兰确认过四周没有人影之后便走了上来，向他施了一礼。

"卡兰，安德拉寇拉斯的小杂种还没抓到吗？"

"非常抱歉。下官已经命令部下竭尽全力去寻找了，但目前仍没有发现他的行踪。"

"是你太仁慈了吧？"

尽管语气并没有那么强烈，这名戴着银色面具的男子的声音仍然令卡兰肃然起敬。而且，他的声音非常自然，和在王弟吉斯卡尔公爵面前那种充满了刻意的郑重得体形成了鲜明对比。卡兰再次把腰弯到了若是被人看到可能会非常惊讶的角度。

"承蒙您这么说，真是不胜惶恐。下官实在是不中用……"
卡兰原本高大的身躯瑟缩得根本不像一名万骑长。

"没关系，毕竟是你，我相信不会有什么疏忽失策的。想想看，帕尔斯那么大，一个小杂种随便躲进哪棵橘子树的树荫里都有可能。区区一个小杂种……"

戴着银色面具的男子停了下来，短暂地沉默了一下，又轻轻笑了起来。夕阳穿过庭院中橘子树叶的缝隙，斜斜地吻上银色的面具。

而一名比起肉体上的创伤，更接近由于心中流出的血导致面色惨白的骑士，从卡兰的领地策马狂奔去身处叶克巴达那的主君处，则是第二天的事。

III

"实在是无颜向您禀报。亚尔斯兰王太子和追随他的不逞之徒们逃脱了我们的包围，不知所踪了。"

俯视着匍匐在地报告的部下，卡兰的眼中有一种近似于杀意的怒气沸腾着。他原本对部下一向宽大而公正，也正是因此部下才一直追随他。然而此刻，卡兰不得不拼命压抑住想一脚把脚边趴着的部下的头颅踢碎的冲动。

"为什么会变成这样，你仔细说来听听。"

过了好一阵子，卡兰才终于能够佯装冷静，命令部下向自己说明详情。

部下也意识到，若是这时再絮絮叨叨地辩解，主人好不容易压下的心头怒火恐怕会直接爆发，因此他尽可能有条不紊地向卡兰讲述了事情的经过。

藏身在巴休尔山的亚尔斯兰一直都没有下山，因此卡兰的部下们打算去搜山。当时出现了一个樵夫，说几天前在一个原本不应有人的山洞里听到了说话的声音，藏在里面的人们把信绑在鸽子的脚上传信给山外的同伴，打算在当月十四日的夜晚里应外合，突破封锁线。

卡兰的部下欢喜雀跃，为十四日晚的行动早早做好了准备。接下来——十三日晚，正当他们安然进入梦乡的时候，封锁线被突破了。他们从梦中跳起来试图死守，然而达龙的骁勇无人能敌，指挥也极度混乱，最终还是被王子一行人逃掉了。甚至到了最后，那名应该是那尔撒斯的男子，对卡兰的一名部下说道——山中无甲子，寒尽不知年，算错了时日还请莫要怪罪……

"就是说你们完全被对方玩弄于股掌之上了。那个樵夫什么的也一定早被他们收买了吧？"

"是……"

"不是告诉过你们那么多次了，达龙和那尔撒斯皆非等闲之辈，切勿掉以轻心吗？你们这些没用的家伙！"

卡兰毫不掩饰地表现出了不快，斥责着靠不住的部下们。这也是他焦虑和不安的另一种体现。亚尔斯兰身边有达龙和那尔撒斯追随，如果他带领着原本驻扎在东部边境的奇斯瓦特的大军杀回叶克巴达那怎么办。姑且不论鲁西达尼亚军的败亡，那位大人不是无法大愿得偿了吗？

卡兰并非毫不畏惧达龙的鼎鼎大名，然而事已至此，他只得亲自出马了。

为从吉斯卡尔公爵处获取出兵的许可，卡兰疾步如飞地走在走廊上，擦肩而过的鲁西达尼亚人的窃窃私语声不断传入他的耳中。

"哼，身为叛徒还那么洋洋得意不知羞耻……"

"居然轮到区区一个还没改信依亚尔达波特教的亡国奴对国家核心事务说三道四了。"

"比起拼了老命和异教徒战斗，作为异教徒出生再出卖掉自己人似乎更容易出人头地啊。唉，我们真是生错地方了。"

人们提高了音量，刻意让卡兰听到。帕尔斯的万骑长并没有出言辩白，屈辱使他的表情变得僵硬。

王弟吉斯卡尔公爵正在为鲁西达尼亚王国——同时也是为了自己，制定未来分配土地、维持治安的计划。或许是为了转换一下心情，当卡兰造访这间原本属于帕尔斯宰相的房间时，吉斯卡尔并没有让他等待太久。

卡兰走进房间后，深施一礼，便请求王弟允许自己出兵讨伐亚尔斯兰王子及其同党。

"亚尔斯兰不过是区区一个黄口孺子而已，但对达龙和那尔撒斯二人不可掉以轻心。"

"他们是怎样的人？"

"那尔撒斯过去曾在宫中担任书记官，安德拉寇拉斯王也对他的智谋赞赏有加，然而现在却退隐山林，并未担任一官半职。"

"唔……"

"至于达龙，或许王弟殿下也听说过他。此前在亚特罗帕提尼平原上，单骑突破鲁西达尼亚大军之人……"

听闻此言，吉斯卡尔第一次有了反应，他把插着孔雀羽毛的蘸水笔掷在桌上。

"就是那个黑衣骑士吗？"

"正是……"

"我有很多亲朋好友都是拜那家伙所赐才葬身于异国他乡的。简直想把他生吞活剥。

"即便如此，他的确不失为一名豪杰。你会有此提议，想必也有胜算吧？"

"略有几分薄策。"

"是吗？那就试试看吧。万一你们帕尔斯人不是他的对手，到时出动鲁西达尼亚正规兵收拾掉他们就好了。"

吉斯卡尔也有自己的算盘。只要帕尔斯人内部自相残杀，就不会使鲁西达尼亚的处境变得不利。帕尔斯的王子若是葬送在帕尔斯人的手里，就不必弄脏鲁西达尼亚人的手。况且，一旦对王子下了毒手，卡兰就再也无路回头了。

不知道哥哥和波坦大主教是怎么想的，但是原本就不可能把世上所有的帕尔斯人消灭殆尽。反倒不如把帕尔斯人之中的十分之一拉到自己一方，让他们支配剩下十分之九的帕尔斯人。分而治之才是征服者的智慧。

一定要最大限度地利用卡兰这种人。至少他远比波坦那种家伙要有用多了。如果他想借此建立功绩，就让他去建立吧。

夺取帕尔斯人的土地和奴隶，再分配给鲁西达尼亚人。这本是吉斯卡尔制定的计划中的最基本一环，然而也不能把像卡兰这样的积极协力者和其他帕尔斯人同等对待。吉斯卡尔打算至少承认他的领地，但是恐怕鲁西达尼亚人中会出现反对的声音吧。

"开什么玩笑，为什么征服者非要讨好被征服者不可啊。败者的财产不是应该全部归胜利者所有吗？我们用自己的鲜血换来的这些战利品，还需要顾及其他人吗？"

总会有目光短浅、欲望深重的人这样说。而且这种人通常占了大多数，也拥有很强的势力。如果不把他们的观念整合起来的话，吉斯卡尔就无法达成自己真正的野心。

"总而言之，亚尔斯兰王子一事，就交由你全权负责了。好好办吧。"

"遵命！"

"对了，卡兰。"

吉斯卡尔突然很想问问他，若是鲁西达尼亚国王娶帕尔斯王妃泰巴美奈为妻，帕尔斯的贵族和武将们会作何感想呢。

卡兰的表情消失了。

"那位王妃原本也不是帕尔斯人，而是巴达夫夏的大公夫人。大家应该都还记得这件事。"

"唔，也有这种想法吗？"

吉斯卡尔偏着头想了想，似乎觉得没有必要继续把卡兰留在这里，就了挥手，命卡兰退下了。

IV

在王都叶克巴达那陷落后，集市首次重新开放。商品还算琳琅满目，也聚集了相当规模的人流。若是没有集市，帕尔斯人的生活就将无以为继。

在川流不息的人群之中，站着一个少女。

她有着小麦色的肌肤、黑缎般的发色、漆黑的眼瞳，身材颀长、明丽动人。除此之外，她活泼又聪明伶俐的气质也令人难以无视。卡兰的部下、一名负责市场警卫的士兵忍不住叫住她。少女露出一丝迷茫的神色。她看到一队骑兵从集市的边缘通过，便问士兵那是谁的军队。

"那个是万骑长——不，现在已经升任大将军的卡兰公的直属部队。"

"他们是要到哪里去呢？"

少女的声音听起来极其天真烂漫，士兵忍不住想在她面前逞能，便对她说，自己可以将知道的一切都告诉她——话虽这么说，他当然不会知道什么重要的事情。

于是，士兵若无其事地抓住少女的手腕，强行拖着她离开了集市，一路把她拖到无人经过的小路上。迄今为止，人们都只能咬着手指头，束手无策地看着鲁西达尼亚兵的种种野蛮行径。明明帕尔斯女人应该是属于帕尔斯男人的……少女拼命扭动着身体挣扎，处于极度兴奋之中的士兵按住少女的头，试图强行把她按倒在地。

士兵突然大叫了起来。少女的头发竟然连同裹在头上的头巾一起被扯了下来。原来是假发！还没等到士兵的惊愕变成愤怒，一柄短剑闪着短促而锐利的光芒刺进了他的胸膛。士兵倒在尘埃之中的瞬间，凶手早已如小鸟般轻盈地跳上了另一条小路。

"啊，好恶心！"

美丽的少女——不，是装扮成美丽少女的少年不愉快地吐了一口唾沫。原来是耶拉姆。

他正受那尔撒斯所托潜入王都叶克巴达那，打探城里鲁西达尼亚军的动向。临行前那尔撒斯对他千叮咛万嘱咐一定不要做危险的事情，然而这句话之中的自相矛盾令耶拉姆很不解。

总而言之，不能不回去向那尔撒斯报告了。

耶拉姆转了几个弯，绕进了一栋房屋的后院。他脱下少女的装束，换回已经被清洗干净正晾在院里的男装。他留下了少女的服装和作为报酬外加的五枚铜币，在自己的脸上和衣服上涂上泥巴。

当他重新穿过集市时，远远听到发现同伴尸体的士兵们的惊叫声。

"卡兰带着千余骑兵出城了？"

听到从王都回来的少年耶拉姆如此报告，那尔撒斯歪了歪头。此刻，亚尔斯兰一行人正在各个因鲁西达尼亚军侵略而化作废墟的村落间辗转停留。

亚尔斯兰在胸前抱起双臂。

"只为抓我出动这么多兵力，也未免太小题大做了吧？"

"那是当然。殿下，他们不知道我方的人数。而且您还是活的大义名分，只要让您在阵地前一站，就能把各股抵抗鲁西达尼亚势力集结在一堂。这对于鲁西达尼亚军来说是非常头疼的事情，卡兰无法保持冷静也是理所当然的。"

原来如此，亚尔斯兰这样想着，又产生了新的疑问。卡兰应该不知自己藏身何处，那么他打算如何找到自己呢。

"假如我是卡兰，现在必须尽我所能最快抓住殿下的话，首先我会随便袭击一个村子，把它烧掉。"

"烧掉村子？"

亚尔斯兰瞪大了眼睛，那尔撒斯边递给耶拉姆一条毛巾让他去洗脸，边对他说明。

"接下来，还有好几个办法。首先，烧掉村子、杀害村民并张贴布告胁迫殿下，这是第一个。只要殿下不露面，就继续袭击村子，杀掉无辜的人们。除此之外也还有各种办法，但是按顺序会先从这个开始吧。"

亚尔斯兰倒抽了一口凉气。

"卡兰会做到这个地步吗？怎么说他也是一名习武之人啊。"

"是一名出卖了国王和祖国的模范武人呢。"

那尔撒斯一针见血的嘲讽让亚尔斯兰陷入了沉默。卡兰已经是过河之卒，无法再回头了。恐怕他现在已经不觉得还有必要特意避免无意义的杀戮了。思前想后了一番，亚尔斯兰打破了沉默。

"那尔撒斯，你知道卡兰会袭击哪个村子吗？"

"当然知道。"

"你怎么知道的？"

"他们会带我们去的，只要跟在他们后面就行了。您要跟上去吗？"

亚尔斯兰用力点头。

当王子为给爱马上鞍离开房间后，全程带着一脸深思的表情倾听着两人对话的达龙开口了。

"卡兰可不是一个单纯的人。他大白天就大张旗鼓地带兵离开王都，不觉得这件事可能从一开始就是用来引出殿下的陷阱吗？"

"很有可能啊。"

"既然你这么觉得，为什么不拦住殿下？"

"达龙啊，我可是对那个王子的器量相当期待呢。我想诚实面对自己的这份期待。"

达龙不解地眨着眼，那尔撒斯看着他笑了起来。

"反正除了从卡兰口中，我们没有其他途径得知事情背后的真相，为了得到虎子，有时也不得不闯入虎穴啊。"

达龙微微挑了挑眉头。

"你是打算，如果王子不去拯救村子就判断他没有成为君主的资格，从而放弃他吧？"

那尔撒斯没有回答，只是坏坏地笑了笑。然而这个表情明确地肯定了好友的猜测。

V

自称"流浪乐师"的奇夫在离开王都叶克巴达那之后得到了一匹马。起初他是打算在附近的村子里向农民买一匹的，然而听说鲁西达尼亚兵把农民的粮食、羊等物资都抢走了，他就改变了主意，和一个单骑奔来的、看似传令兵的鲁西达尼亚士兵拔剑对决，从而免费获得了坐骑。而顺手把对方的钱包和装饰着黄金的腰带收入囊中，也是干这种体力活的正当报酬——奇夫自己是这么想的。

而那个人物和奇夫擦肩而过，也绝不仅仅是一种偶然。如果在旅途中尽量避免和鲁西达尼亚兵狭路相逢，能够选择的道路和时刻自然就极其有限了。

骑在马上和他人擦身而过时，相互保持距离、做好无论何时都能立刻拔剑的准备，是一种任谁都会有的慎重。毕竟天上只挂着半轮月亮，又隔了七八加斯的距离，起初奇夫并没有注意到对面。而当风向改变时，晚风中飘来女性的体香，他才意识到对面是一位男装丽人。奇夫在马背上转头细细地打量起她来。

　　即使头上裹着绸缎头巾，一头仿若夜色融化在其中的乌黑长发仍然长及腰间。她的眼瞳是浓郁而鲜艳的绿色，似乎映照着初夏的万般苍翠。之所以知道她眼瞳的色彩是因为她也在回头望向奇夫，但那绝对和奇夫的理由完全不同。当她与奇夫的视线交会，就催促马儿加快脚步离去了。

　　奇夫眺望着月光下她远去的背影，在原地呆呆站了一阵子，终于回过神拍了一下膝盖。

　　"嗯，真是罕见的大美人。而且还很年轻，比那个说谎的王妃还要美貌啊。"

　　奇夫头脑飞速运转起来，他迅速找到了眼下的目标。

　　"如果那个美女被恶徒袭击了，我适时出现并救了她，她一定会对我抱有感激和敬爱之情，然后会以什么形式回礼给我。一定会变成那样吧。如果是那样就好了。应该变成那样。"

　　擅自这样决定之后，奇夫便保持着适当的距离，驱马跟在那名女子的身后。

　　机会没等太久就降临了。自从攻陷王都以来，鲁西达尼亚兵的嚣张跋扈更加一发不可收拾，经常几人组成一队骑上马随心所欲地杀戮掠夺。虽然吉斯卡尔公爵发布过严禁伤害平民的公告，但是绝大多数时间都没有被彻底执行。

整排柏树之间的空隙中，突然钻出七八个骑兵的黑影，试图挡住那名年轻女子的去路。他们口中大吼着听起来极其下流的鲁西达尼亚语。

女子不耐烦地轻轻蹬了一下马腹。马匹似乎受到过良好的训练，完全理解了骑手的意图，不等鲁西达尼亚兵反应过来就飞奔了起来，转瞬之间就把他们甩出了三十加斯远。待到他们重新追上去时，她已在马背上把弓拉成了满月的形状。

下一秒，月光化作箭的形状贯穿了其中一名骑士。

微弱的惨叫声和鲜血从被射穿的咽喉迸射出来，骑士翻滚着摔落在地面上。

其他的骑士从一瞬的惊愕中回过神来，怒吼着拔剑逼近年轻女子。应该说，他们正试图这样做，然而弓弦的鸣响再次撕裂了夜空，又有一个骑士在空中蹬着腿，从马鞍上一头栽入尘土。紧接着又是一箭射来，第三匹马也失去了它的骑手。

"这可有点不妙啊。"

奇夫比预计时间稍早了一些驱马冲上街道。如果继续这样束手旁观下去，就要错失卖人情给她的良机了。听到马蹄声回过头来的第一个鲁西达尼亚兵，成了奇夫最初的刀下亡魂。

奇夫一刀从鲁西达尼亚兵的左肩砍到胸膛。惨叫声随着鲜血一起洒向夜空中悬挂着的半轮明月，鲁西达尼亚兵的身体随着这股冲击力向后飞去。

又有一个不容小觑的敌人出现，使得鲁西达尼亚士兵们大吃一惊。他们叽哩呱啦地说着奇夫听不懂的外语，持剑拉缰各自散开。他们原本打算从三个方向包围奇夫，然而奇夫的敏捷反应破坏了他们的计划。一个骑兵的颈动脉沿着弧形轨迹喷出了鲜血，另一个骑兵则被打断了鼻梁。

剩下的两个骑兵已经顾不上名誉了。他们维持前进的方向不变，快马加鞭逃进了街道尽头的黑暗之中。奇夫带着冷笑目送他们离去，再回过头来时却稍稍有点慌了。年轻女子正打算就这样策马离开，这可和计划中的展开完全不一样。

"请等一下，前面那位小姐！"

奇夫大声喊着。然而，不知是没听见还是打定主意无视，她并没有让马停下脚步。

"前面那位美女……！"

奇夫再次提高了音量，女子却仍旧没有反应。

"前面那位绝世美女！"

女子这才停下了脚步，缓缓回头凝视着奇夫。月影斜斜地落在她美丽的面庞上，她的表情极其平静。

"你是在叫我吗？"

即便是奇夫，刹那间竟然也不知该做出什么反应。女人则继续说道。

"如果只是美女的话尚且另当别论，若是说绝世美女的话，世上并没有那么多……"

很奇妙的，她这种若无其事地肯定着自己美貌的态度，并不令人反感。奇夫也莫名开心了起来，总算恢复了平时的油腔滑调。

"啊，你不仅美丽动人，连武艺的高强也令我真心拜服。我名叫奇夫，是居无定所的旅行乐师，但是自恃一颗爱美之心超过世上的王侯贵族。现在，我要发挥我贫瘠的诗心，为你咏上一首赞美之诗。"

"……"

"你的身影犹如柏树般纤细高挑，黑发好似来自夜空的剪影，眼瞳的清澈胜过绿宝石，嘴唇的艳丽就像蔷薇染上朝露……"

"你作为吟游诗人可真是欠缺独创性啊。"

女子冷冷地说道，奇夫不由得抓了抓头。

"算了，虽然作为诗人确实还有不足之处，但是这颗热爱美丽和正义的心可不会输给古代的大诗人。正因如此，我才会恰好赶来救你。"

"总觉得有点太恰好了。你真的不是看好时机才来的吗？"

"这是恶意揣测。是我的守护神亚希女神赐予了你我加护，才让那些天杀的鲁西达尼亚蛮族遭到了报应。这难道不是上天对正义的褒奖吗？"

女子似乎苦笑了起来。奇夫询问她的名字，她便很爽快地回答了。

"我的名字叫法兰吉丝。在夫塞斯坦地区的密斯拉神殿中工作。这次是奉女神官长之命，作为使者被派往王都叶克巴达那。"

"喔，密斯拉神！我对密斯拉神的敬仰仅次于亚希女神。看来我和法兰吉丝小姐确实有着不浅的因缘。"

女神官对奇夫轻浮的声音充耳不闻。

"可是听闻王都已经沦陷了。又不能这样垂头丧气地回去，总之今晚先找个地方落脚吧——正这样想着，就遇到鲁西达尼亚的那些狗了。"

"你要去王都做什么呢？"

"我要去找王太子亚尔斯兰殿下。请问一下，你知道太子殿下在哪里吗，值得尊敬的乐师先生？"

"不，不知道——但若是法兰吉丝小姐去找他的话，我也可以助你一臂之力。话说回来，你为什么要寻找亚尔斯兰殿下呢？"

"我所在的神殿，是在亚尔斯兰殿下诞生的时候，以殿下之名捐助修建的。因此，今年春天过世的前任女神官长留下遗言，要求一旦殿下有难，任职于神殿的武者须立时前去相助。"

法兰吉丝乌黑的长发飘逸着。

"留下遗言的人根本不会考虑遗言会给活着的人制造多大的麻烦。而且，从众多符合条件的人之中只有我被选出来，并不仅仅因为我的武艺最好。"

"你是指……"

"像我这样美貌过人、学识渊博又武艺高强的才女，会遭到同僚们的嫉妒。"

"原来如此。"

"这次他们就以履行故人遗言的名义，把我从神殿里赶出来了。你懂了吗，乐师先生？"

奇夫虽对法兰吉丝的话深信不疑，却多少也另外发挥了些想象力。说不定也可能是被好色的神官逼迫，将其严辞拒绝后便在神殿无法立足。不管武艺高强到何等地步，孤身一人被派出来执行任务也未免太过危险了。

"既然任务并非出于所愿，法兰吉丝小姐，你就索性丢掉它不要管了嘛。"

"不，无论怎么说，我看不惯鲁西达尼亚人的做法。我作为侍奉密斯拉神之身，却从未强迫过他人不情不愿地改变信仰。如果可能的话，我想把他们从帕尔斯一个不留全赶出去。"

奇夫用力点了点头。

"法兰吉丝小姐所言极是。我也深有同感。"

"只是口头上说说吧？"

黑发绿眼的美女口气充满嘲讽，然而奇夫并未介怀。

"不，并不只是口头上说说而已。我也很不爽鲁西达尼亚人把自己的信仰强加给其他宗教的人。就像只把金发碧眼、肤色如雪的女人奉为美女，不承认世上还有其他美女一样。每个人对于美丽或是贵重的标准各自不同，并不是可以强制统一的……"

奇夫热情的演说突然中断了。他注意到法兰吉丝闭上眼，把一支小小的水晶笛子靠近唇畔。虽然听不到笛音，奇夫却迷恋地注视着她那沐浴在半月光芒之中，仿若来自绢之国的陶器般白皙的脸庞。法兰吉丝睁开眼，把笛子从嘴边移开，重新像品评一般打量着奇夫。

"是吗？那么好吧。"

她就像在回答着谁一样说道。

"精灵们说，至少你讨厌鲁西达尼亚的心不是假的。"

"我完全听不懂你在说什么。"

"也是呢。"

法兰吉丝的声音冰冷：

"婴儿虽然能听到大人的交谈，却听不懂语言的含义。你也和那些婴儿一样。只听得到风的声音，却无法理解乘风而来的精灵们的细语。"

"原来我是一个婴儿吗？"

"不要照单全收，这比喻不太合适。你比婴儿邪恶太多了。"

小小的水晶笛子夹在法兰吉丝白皙的指间，应该是用来呼唤精灵的吧。

"不管怎么说，你已经认可了我的诚意。如何，法兰吉丝小姐，人与人的相遇一般都是由因缘的线牵系起来的。我想和你同行。"

"随你高兴。只不过，你要和我一样发誓对亚尔斯兰殿下效忠……"

"我没有那么多的忠诚，现在对法兰吉丝小姐用掉的就已经是全部了。"

"我可不需要你的忠诚。"

"这么说也太冷漠了吧?都已经是我和法兰吉丝小姐这种交情了不是吗?"

"哪种交情啊?"

法兰吉丝正待提高音调反驳,却突然停了下来。奇夫也闭上嘴,竖起耳朵细细聆听。二人不约而同地催动坐骑,暂且进入路旁的白杨树林藏身。从王都方向涌来的一大股骑兵沿着夜色中的街道疾驰而来,足足占据了他们的视线几分钟之久。

"那是万骑长卡兰的军队。"

再没有其他帕尔斯军队,会在队首悬挂起鲁西达尼亚的旗帜了。目送着马蹄的轰鸣和扬起的烟尘在月下远去,美丽的女神官大胆地轻声自语道:

"说不定他们之中会有人知道亚尔斯兰殿下的所在之处。不如去试试看吧……"

VI

那一天,卡兰率领人马在光天化日之下烧掉了一座村庄,并将村民五十余人——虽然只有男人——扔进了火里。和灰烬、憎恶与悲哀一同留下的,只有"你们记住,如果今后有人藏匿亚尔斯兰王子及其党羽,连女人和小孩也格杀勿论!"这句话。

　　就算前方是地狱,卡兰也已经无路可退。他唯一的选项,只有不断杀戮,把亚尔斯兰和他的同党逼入绝境,以此获取鲁西达尼亚军更深的信赖。

　　当太阳落山,全队人马正要安营扎寨时,一份报告传来。卡兰的部下们发现一个半死不活的男人正拼命抓住马背,徘徊在荒野之中。他说自己被亚尔斯兰及其同党雇去帮忙搬行李,在试图偷走行李时被抓住,挨了一顿毒打,而且第二天就要被杀,因此拼死逃了出来。

　　卡兰仔细检查了这个人身上的伤痕,他怀疑那或许是为了诱骗自己中计而伪造出来的伤痕。然而,此人全身纵横交错的无数鞭痕都是真的。于是卡兰决定亲自审问他。

　　"亚尔斯兰王子一行有多少人?"

　　"只有四个人。"

　　"不许撒谎,一定还要再多一百倍吧。"

　　"真的只有四个人啊,而且其中有两个还是小孩……所以他们才找我帮忙扛行李。"

　　"那么,王子他们往哪个方向走了?"

　　"南边。"

　　一番审问过后,男人向卡兰索要告密的奖赏。"很好。"卡兰点了点头,突然拔剑出鞘,一剑斩下了男人的首级。卡兰看着在沙地上滚来滚去的头颅,愤然说道:

"蠢材，我怎么可能会上当。"

然后，卡兰便下令全军，向与男人所指相反的北方进军。他认为男人是奉那尔撒斯之命故意前来提供假情报的间谍，而他身上的伤，也不过是为了骗过自己的苦肉计。

卡兰无从得知。亚尔斯兰一行人途经某个村子时，故意选了一个看起来非常不可靠的男人帮忙搬行李，而当被鞭打的男人消失在卡兰部队所在的方向后，他们也改变了路线，从南向北行进。然后故意在人前暴露行踪……

一切都是那尔撒斯的计策。卡兰的部队就在这番诱导下，主动走进了北方森林和山岳错综复杂的地域。而且已经到了入夜时分。对骑兵的大部队而言，各种不利条件完全是雪上加霜。

夜已过半。早已做好一切准备的那尔撒斯，在森林中望着卡兰的部队在山路上排成一列缓缓前行，嘴角浮现微笑。越是耍小聪明的人，越会被他玩弄在股掌之上。

待到敌军全部通过，那尔撒斯正准备返回拴马的地方，却突然感到某种气息正在迅速接近。他停下脚步，直起腰来。

那尔撒斯向后一跳。和地面平行闪过的剑光掠过他的外套，几根线随即飞到空中。

再次向后跳去的瞬间，那尔撒斯拔出剑，迎面格挡开一道银色的斩击。火花伴着刺耳的金属碰撞声四散飞溅。第二回合尚未开始就宣告了结束。二人都发现映入眼帘的并不是预想中的敌人，便双双收剑回鞘。

"你不是鲁西达尼亚兵吗？"

年轻女性的声音伴随着些微的香水气息一起传来，连那尔撒斯都不禁心下一惊。

"你是什么人？"

那尔撒斯脱口问道，随即自己先报上名来："我是效命于亚尔斯兰殿下的那尔撒斯。"他的直觉很准确，对方立刻有了回应。

"恕我无礼。我是法兰吉丝，侍奉密斯拉神的神官，为助亚尔斯兰殿下一臂之力而来到这里。之前我是一路跟踪着卡兰公的部队来到这里的。"

"喔……"

那尔撒斯没有精灵的帮助，他相信了法兰吉丝这番话完全是出于理智判断。如果她是卡兰的同伙，只需要大喊大叫，便可以向卡兰报告那尔撒斯的所在之处。

"你要成为亚尔斯兰殿下的同伴吗？"

"正是。"

虽然言辞本身冷冷的不带任何感情，她的声音却如同音乐一样美丽。

"那就来帮忙吧。现在我们正准备去抓住叛徒卡兰，带到亚尔斯兰殿下面前。"

"我知道了。可我还有件事想问，现在追随亚尔斯兰殿下的共有几人呢？"

那尔撒斯坦然地回答了美女的疑问：

"加上你们就是五个人了。"

他已经注意到女神官背后，还站着一个奇夫了。

不知是谁先大叫了起来，卡兰的部队中随即掀起了一片骚乱。最初只有一个人，接下来又有十余人不约而同地伸出手指，指向悬崖上方。只见亚尔斯兰单骑伫立在悬崖边缘，全身沐浴着蓝白色的月光，俯视着悬崖下的队列。

"是亚尔斯兰王子，杀了他！他的首级值十万枚金币呢！"

亚尔斯兰难以判断这个金额算不算高，然而对卡兰麾下的骑士而言，这笔赏金的价值甚至超过了自己生命。他们贪婪和兴奋地大叫着，催马跑上陡峭的斜坡。即使是精悍的帕尔斯马匹也难以维持这般势头的猛冲，转眼间队形就变得散乱。队列最前方那匹马终于喘息着冲上悬崖的瞬间，亚尔斯兰的剑刺透了马背上那名骑士的胸膛。剑尖从骑士的背后穿出，其势头之强，甚至令剑的护手撞响了骑士外衣上的纽扣。

亚尔斯兰拔出剑——应该说，死者的身体借着自己的重量滑脱了他的剑刃，滚下马背。尸体一直顺着斜坡滚下去，后面的战马为了躲避而抬起前蹄，随即失去平衡也一同滚了下去。

夜色的昏暗加上脚下斜坡的陡峭，让卡兰全军陷入了混乱的深渊。原本仅仅是一个诱饵的亚尔斯兰，发挥了远远超过诱饵的作用。他伸手抽出弓，连续不断地射出箭矢。卡兰军的队列太过密集，士兵一个挨着一个根本无法回避。亚尔斯兰射出的六支箭中共有四支命中，其中两支射伤了敌人。剩下两支虽然也瞄准了以惊人的势头冲上斜坡的骑士，但是被对方像水车一样旋转挥舞的长枪击落了。"王子！"卡兰大叫道。王子深吸了一口气，扔下手中的弓，和叛变的万骑长四目相对。

"卡兰，我有话想问你。"

亚尔斯兰意识到自己的声音中蕴含着紧张之情。

"作为一名万骑长，不，作为帕尔斯国的一名战士，迄今为止从未被任何人在背后戳过脊梁骨的你，为什么对鲁西达尼亚的侵略者屈膝臣服了呢？"

"……"

"我无法认为你是被私欲所驱使。请务必告诉我你这样做的理由。"

"安德拉寇拉斯被诅咒的儿子啊，对你来说不知真相才是幸事。"

卡兰的声音以单纯的嘲弄而言，似乎太过于黯淡凄惨，瞪着亚尔斯兰的眼中也闪着仿若鬼火的光：

"卡兰是个丑陋的背叛者——你就带着这种认知去死吧。无论是被忠臣杀死，还是死在叛徒手中，死就是死，没有任何区别。"

战栗的狂风吹散了缠绕在亚尔斯兰心中的疑惑。卡兰的身体似乎鼓胀了起来。亚尔斯兰用视觉感受到了作为一名战士，自己和卡兰压倒性的力量差异。

亚尔斯兰身下的战马也发出了一阵仿若心生怯意的喘息。马儿会感受到骑手的心情，并将其放大数倍。

卡兰沉沉地大喝一声，策马猛冲上来。一柄和主人同样身经百战的巨大长枪，朝向王子的心脏径直刺去。

亚尔斯兰一半出自本能地挥剑格挡。枪尖挑空了，但是王子持剑的手一直酸麻到手肘。

"太狡猾了！"

随着一声怒吼，第二击再次袭来。

若是说格挡开卡兰的第一击接近奇迹，连第二击也回避开来就的确是奇迹。然而，不管是上天的眷顾，还是命运的偏心，都只到此为止了。第三击本应穿过微弱的抵抗，直接从亚尔斯兰身体正中穿过。而阻止了这一击的，是达龙的声音。

"卡兰，你的对手在这里！"

他穿过森林的时候，两天前那场大雨形成的泥沼阻挡了前行的道路，使得他比预计的时间略晚抵达此处。

卡兰的表情在失望中扭曲了，在亚特罗帕提尼平原上屈服在达龙的利剑下的记忆明显仍使他耿耿于怀。卡兰放弃了眼前的猎物掉转马头，方才已经逼近亚尔斯兰眼前的死神，又急骤离他远去。

"殿下，您没事吧！"

喊声刚落，人马融为一体的黑影随即在亚尔斯兰周身筑起了敌军的尸山。

一个骑士试图从达龙背后举枪偷袭，却惨叫一声，从马背上翻着跟头滚了下去。法兰吉丝射出的箭从侧面贯穿了他的脸颊。

俩人俩匹马，跳进了惊惶失措的骑士之间。

那尔撒斯和奇夫双双亲眼确认了刚刚成为战友的对方的剑术。

剑刃相撞的声响和溅起的血花连成一串。

转瞬间，数匹战马的背上都仅余马鞍。它们纷纷逃进黑暗之中，然而其中半数都在悬崖边上不慎失足，惨叫着坠落山谷。

这恐怕是卡兰的部下们有生以来最悲惨的一夜。他们的敌人不仅骁勇无匹，还狡猾得令人胆寒。他们利用混乱、黑暗和地形之利冲进卡兰军中，四处播撒死亡，又跳出人和马匹的旋涡，借着夜色的掩护消失无踪。如此这般重复上演两三次，卡兰军的秩序遭到了致命打击，已经无法再重整队列了。

"达龙，你去追卡兰！"

那尔撒斯把新的牺牲者砍倒在血泊之中，同时对达龙大喊。达龙点点头，一脚踢上黑马的腹部，马蹄扬起了小石子和尘土，直朝逃走的卡兰追上去。

卡兰的几名部下掉转马头朝达龙袭来。然而达龙的长枪将其中一人刺下马背，一人挑飞到半空，便不顾仍四散在夜空中的鲜血，径直逼近卡兰，厉声呵斥道：

"难道你的武勇就只是用来欺负半大少年的吗？你在投降鲁

西达尼亚人之前的鼎鼎大名都到哪儿去了？居然还这么恬不知耻地逃走，真的是那个闻名于世的卡兰所做出来的事吗？"

挑衅奏效了。自尊心被刺伤的卡兰勃然大怒。

"毛头小子，不要得意忘形！"

卡兰怒吼着挥舞长枪，将达龙的长枪拨开。凌厉的冲击使得达龙连枪带人激起阵风，连黑马都脚下一乱，略微趔趄了一下。达龙好不容易才止住它差点冲下陡峭斜坡的势头。

没有错过任何空隙，卡兰猛的一枪朝着达龙迎面刺来。达龙边在马上重新调整着姿势，边在千钧一发之际拨开了长枪。

卡兰的部下们惊愕地试图冲进二人之间，然而人和人、马和马、枪和枪的激烈冲突，已经完全容不得他人加入战局。突刺、横扫、挑开、斩落、挡回，被月光染上蓝白色的火花四处飞溅。

卡兰不愧是身为万骑长的武将。只要他心中不存惧意，便能够发挥和达龙匹敌的勇猛。

但是，卡兰的部下们却无法持续像主人那般高昂的斗志。他们在敌人的剑光下四散奔逃，在箭雨中瑟缩起身躯，最终纷纷逃进了黑夜为战败者提供庇护的怀抱之中。另一方面，他们丝毫不曾料到，敌人的总数只能以个位数计算。

亚尔斯兰策马飞奔赶来，担心地注视着正与卡兰决斗的达龙。那尔撒斯提着沾血的刀驱马走近他身边。

"别担心。殿下，达龙胜局已定。只是，这样下去也许没有活捉卡兰的余地了。"

那尔撒斯的观察很准确。当卡兰的长枪和身体的动作比达龙略显一丝迟钝的瞬间，卡兰的左侧脸颊喷出了第一股鲜血。

达龙的枪尖从敌人的脸颊上削下了一块肉。虽然并不是多深的伤，然而血滴溅进了卡兰的眼睛，暂时夺去了他的视力。

达龙的枪以电光石火般的速度直刺过来。亚尔斯兰屏住了呼吸，然而达龙并未忘记自己的使命。他手中反持长枪，枪柄狠狠击中卡兰的侧腹，卡兰的身体失去平衡，重重滚落在地。

直到此时为止，事态仍然完全符合达龙的计算和那尔撒斯的期待。然而险峻的地形和卡兰的手中的枪却带来了意料之外的变数。仍握在卡兰手中的枪撞上了斜坡上的石头，啪的一声折断了，然而并没有完全断成两截，而是弯曲成了奇怪的角度，枪尖斜斜地贯穿了主人的侧颈。

达龙跳下马背扶起卡兰的时候，他已经奄奄一息了。长枪从左到右横插在他的脖颈上，但他的双眼仍然还睁着，发着微弱的光。

"国王在哪里？"

达龙竭力在濒死之人耳畔大声问道。

"安德拉寇拉斯王还活着……"

卡兰发出的声音更接近一种喘息。

"但是王位已经不再属于他了。正统的国王是……"

声音停止了，红黑色的血块堵住了他的咽喉，一阵短暂而剧烈的痉挛之后，万骑长卡兰断了气。

"正统的国王……"

达龙和正好赶来的那尔撒斯面面相觑。

他们不禁回忆起安德拉寇拉斯王即位一事的颠末。从当初就一直有微弱的声音暗中批判，弑杀兄长从而坐上王位——不就是篡位者嘛。然而，在强大的军队支持下，安德拉寇拉斯不断在与近邻各国的交战中取得胜利，国内百姓也因此受惠良多，可以说，他是以成功的统治证明了王权的正统性。

马术尚且不及二人的亚尔斯兰，终于策马赶来，用视线询问着两个人。

"安德拉寇拉斯王还活着。但是很遗憾，我没能问出更多的情报。"

那尔撒斯如是回答，亚尔斯兰转而看向正把卡兰的尸体平放在地上的达龙。年轻的黑衣骑士沉默了。那尔撒斯并没有把卡兰的后半段话告诉王子，但他赞成那尔撒斯的判断。那大概是十四岁的少年还很难理解的话语。

达龙好不容易才终于开口鼓励王子。

"殿下，只要陛下还健在，您总有一天还能见到他。而且鲁西达尼亚军到现在还留着他的性命，一定是有相应的理由，今后想必也不会无缘无故随便加害于他。"

亚尔斯兰点点头，与其说是真心接受了这个说法，不如说是不希望达龙再为自己担心。

　　就在此时，那尔撒斯向王子介绍了新加入的年轻男女二人。首先由长发及腰的美丽女性恭恭敬敬地向王子行了一礼。

　　"您就是亚尔斯兰殿下吗？我名叫法兰吉丝，原本在夫塞斯坦地区的密斯拉神殿工作，此次奉已故的前任女神官遗命，前来助您一臂之力。"

　　接下来，年轻男子也做了一番自我介绍。

　　"我名叫奇夫，为追随殿下，从王都叶克巴达那逃来此地。"

　　这完全是在说谎，但还不等众人起疑，奇夫就讲出了一段事实，用以博取王子的信赖。

　　"殿下，直到我逃出王都前，您的母后泰巴美奈王妃殿下都仍安好。我曾荣幸地承蒙王妃殿下屈尊亲自召见。"

　　将来的事情就待到将来再作思量。奇夫原本就唯恐天下不乱。眼下他能留在法兰吉丝身边，又有了对鲁西达尼亚兵拔剑相向的大义名分。若是今后感到束手束脚，也只要逃走便好。因此奇夫相当达观。

　　伫立在离众人略远处的达龙，苦笑着对好友小声说：

　　"从四个人变成了六个人。战斗力确实增加了五成，可是真的可以信任他们吗？"

　　"鲁西达尼亚军有三十万人，只要每个人干掉五万人就行了。这不是变得轻松多了吗？"

那尔撒斯并不是在随口胡说。他是在用自己的方式自嘲迄今为止的形势有多么艰难，以及今后也指望不上太大改善一事。

话虽如此，为了确认国王和王妃的所在之处，似乎有必要好好潜入叶克巴达那去一探究竟了。

第五章　王位继承人

I

没能凝结成水滴的湿气冰冷地沾在石制的墙壁上。

这是一间照不到阳光的地下室，面积约有十加斯（约十米）见方。一座成人伸出双手都无法环抱的巨大灯柱，只堪堪照亮了房间正中。

室内的几个架子上摆放着书籍、药剂以及魔道所需的其他各种物品。其中包括老鼠的胎儿、毒草的粉末、由硫黄凝结而成的蜡烛、被砍下来泡在酒精中的人类的手。

戴着银面具的男子伫立在由石头铺成的地面上。他虽然是客人，却并没有得到多少礼遇。这间地下室的主人——一名穿着深灰色衣服的老人，自己坐在栎木的椅子上，像是要正当化自己的没有礼貌一般，用仿佛生锈的铁质车轮碾过路面一样刺耳的声音说道：

"只有我坐着，也不要见怪哟。你也不是不知道施行那个法术要消耗多少体力。那可不是在溪谷或是山间，而是要在平原上起雾，还要迷惑在近邻各国无人能敌的帕尔斯骑兵哦。"

"看来你还留着足够说话的力气啊。"

银面具冷冷评价道。

"比起这些，你特意叫我过来，究竟所为何事？"

"喔，这个啊。"

老人嘶哑的声音中伴随着微弱的音调：

"对你来说大概算个坏消息。卡兰死了。"

银面身体一僵，双眼中放出的光愈发强烈了。他没有反问，是因为觉得没必要。

"如果他继续默默为安德拉寇拉斯王尽忠，明明可以作为赫赫有名的帕尔斯武将活下去的。就是因为追随了你，才落得这般凄惨的结局啊。"

银面具没有理睬老人的故作同情，压低了声音：

"卡兰对我尽到忠义了。我会负起责任照顾好他的遗属。"

他随即深吸了一口气。

"是谁杀了卡兰？我一定要为他报仇。"

"这就不知道了。我不是说过吗？我的力量估计要花上今年一整年才能完全恢复了。"

"好，反正毫无疑问，肯定是安德拉寇拉斯那小杂种的同伙干的。那个小杂种完全是在把自己的活路越走越窄。"

听到银面具向看不见的某人如此宣告，瘦弱的老人发出了怪异的笑声：

"哎呀哎呀，说这么不吉利的话，不知到底对谁更不吉利呢。"

如果银色的面具上能显现出表情，此刻它的主人一定明显很不愉快。然而，他似乎已经习惯了面对老人时的不快，态度维持着平静。

"说起来，你可要小心了。与你敌对的人已经来到你身边了。"

"和我敌对的人？"

银色的面具上迸射出危险的目光，在老人皱纹密布的脸上炸开。

"安德拉寇拉斯的小杂种？"

"不，不是他。是他身边的人。或许就是对卡兰下手的人也说不定。"

老人用几乎穿透浓烟的眼神盯着默默站起身的银面具。

"你想为卡兰报仇也没关系，但对方可不是孤身一人哦。"

"有多少人都一样。"

"一对一的话决斗也没问题，但是一对二的话就该避开了。就算以你的剑术，也无法招架两个人同时攻击。

"世界上并不是只有你一个强者。帕尔斯的太阳也不是只为你一个人而闪耀的。自信和过度自负，就像夜晚和黑暗一样令人难以区分。"

戴银面具的男人点了点头，但似乎一半是出于形式，一半是条件反射。终于，银面具离开了，老人打开了男人留在桌面上的牛皮小袋，清点着里面的金币。或许是对金钱没有太大的执着，他漫不经心地把倒在桌上的金币随手扔进抽屉，一个人絮絮叨叨地自言自语起来：

"就让那家伙以为我的目的是金币好了。为了让蛇王撒哈克苏醒，需要覆盖帕尔斯全境的鲜血。帕尔斯的国王是谁都无所谓，反正总有一天都会成为撒哈克的食粮……"

老人伸手拉了一下从天花板垂下的绳子。一幅古旧的羊皮画随即挂在了墙壁上。

一名怀抱着王冠、有着浅黑色脸庞和红色双眼的男人的肖像出现在老人面前。老人以和方才对待银面具时判若两人的恭敬态度，向着肖像行了一礼。

"吾主撒哈克啊，请您再稍等片刻。作为您的仆人，我日日夜夜都在为您再次降临世间而竭尽全力……"

这个国家中，除了刚出生的婴儿，应该再不会有人没听说过蛇王撒哈克之名。那是远古时期支配着大地、做尽残虐恶事的魔王之名。他用锯子杀害了圣贤王，把尸体切成肉片撒进海里，并夺去了他的全部财富和权势。

撒哈克的双肩上长出了两条黑色的蛇。这就是"蛇王"之名的由来。这两条蛇以人类的大脑为食，撒哈克在位的时候，不分贵族还是奴隶每天都有两个人被杀死，他们的脑子被拿来喂蛇。如此恐怖的统治持续了千年之久，世间一片荒凉，人们被恐怖的枷锁束缚着降生，又戴着绝望的项圈死去。经历了四十次世代更迭，蛇王的支配的时代终于结束了。帕尔斯王朝就此诞生——

老人用崇拜的眼神久久凝视着肖像画中那两条黑蛇从撒哈克双肩上抬起头来的样子。然后艰难地挪动瘦弱的身体，仿若一条诡异的深海鱼游动在阴冷潮湿的空气之中。他张开了有如密布着裂纹的石头般的嘴唇。

"古尔干。"

老人像呛咳一样大声呼唤着某个名字。

"古尔干！"

"来了，尊师，我就在这里。"

声音从房间阴暗的一角传来，然而不见回答者的身影。不过，老人似乎也毫不在意，他略有些着急地对他下令。

"你立刻把其他六人叫来。自从亚特罗帕提尼会战以来，士兵和民众加起来已经死了一百多万人，但这还不够。帕尔斯的民众共有两千万人，不被大地吸干至少一半人的血，我的主人撒哈克大人是不会再次降临的。"

"是现在立刻吗？"

"尽量快一点！"

"我知道了。谨遵尊师吩咐。"

声音飞速融化在构成空气的微粒子之中消逝。老人沉默地站了一会儿，他的眼角和嘴边，浮起了一抹不祥的喜悦。

"阻挠蛇王撒哈克荣光之人，必将遭到诅咒……"

II

正如市场重新开放时看到的一样，王都叶克巴达那被鲁西达尼亚军占领之后，逐渐开始恢复了一定程度的秩序，但是流血依旧没有干涸的迹象。

暴动使城中陷入一片混乱，与鲁西达尼亚军里应外合的奴隶们觉得自己理所当然应该得到相应的报酬，但鲁西达尼亚军却彻底出尔反尔了。

"这些财物全部归鲁西达尼亚国王伊诺肯迪斯七世陛下所有，怎能落到你们这些奴才的手中？"

曾在此前很短的一段时期，闯进贵族和富豪的宅邸，在各方面都贪婪地享受过复仇快感的奴隶们，又悲惨地被鲁西达尼亚军再次赶回了从前关押他们的奴隶小屋，甚至还戴上了镣铐。若敢稍有抗议，就会遭到劈头盖脸的鞭打和怒骂。

"蠢材。我们这些依亚尔达波特神光荣的使者，凭什么要把胜利果实分给你们这些下贱的异教徒，况且你们还是奴隶。别得寸进尺！"

"这和你们承诺过的不一样，鲁西达尼亚人不是说过攻入王都之后就会释放奴隶吗？"

"我们没必要遵守对异教徒的承诺。你们难道会对猪和牛做出承诺吗？"

就这样，失去了过去的奴隶们又被夺去了未来。

在对富人也一视同仁这一点上，这场从大陆西北端的鲁西达尼亚一直横扫到帕尔斯的暴风雨是非常公平的。拥有越多身外之物的人，被掠夺得也越多。贵族、神官、地主、豪商们利用无情的法律和权力迄今为止巧取豪夺来的积蓄，又再次被无情的暴力夺走了。对他们来说，黑夜才刚刚开始降临。

"杀啊！杀啊！把邪恶的异教徒统统杀光吧！"

大主教强·波坦疯狂地大叫着，像干涸的沙漠一样渴求着鲜血。他的狂热，也一天比一天更加严重而激烈了。

"神的荣光要靠异教徒的鲜血浇灌才会益发闪耀。不许对他们慈悲！只要还有一个活着的异教徒留下，世上就少了一份原本应该分给持有正当信仰的依亚尔达波特信徒的食物。"

不过，当然不是鲁西达尼亚军全军三十万人，都有着和波坦大主教相同的"消灭异教徒"的热情。参与国政的文臣武将都明白，自己的目的已经从原先的征服和破坏，变为了支配和重建。王弟吉斯卡尔也曾这样呼吁过。普通的士兵早已厌烦了泛着血腥的尸臭，甚至还出现了收受贿赂、帮助帕尔斯人乞求饶命的人。

"这个人说自己全家都会一起改信依亚尔达波特教。既然如此，不如饶他们一命，让他们来侍奉神明。"

而面对这样的请求，"他们只是装作改信！"波坦总会跳起来这样大吼。

"没有被拷问过就要求改信的人，都不能相信！"

正因为波坦是这样的一个人，所以他对帕尔斯王妃泰巴美奈的态度也极为简单粗暴。

"那可是帕尔斯国王安德拉寇拉斯的王妃，当然不会得到依亚尔达波特神的恩宠，只是区区一个被诅咒的异教徒罢了。为什么还不尽快将她处以火刑？"

波坦如此诘问着国王，国王伊诺肯迪斯七世只得顾左右而言他，光是躲避他的矛头就竭尽全力，怎样都无法把自己想和泰巴美奈结婚一事说出口。

"或许神也会发怒，但是在此之前，您还是要先说服波坦主教啊，哥哥。"

王弟吉斯卡尔说的话本身一点不错，但他对王兄缠上来的依赖眼神视而不见，并不想代替他去说服波坦。原本吉斯卡尔就已经很厌烦王兄那种遇到什么困难就立刻想推给弟弟解决的懦弱了。要结婚的不是别人而是你自己啊，难道你不该靠自己克服困难吗？

吉斯卡尔当然不是为了哥哥才这样想的，他是在期待着哥哥对波坦的憎恶凌驾于信仰心之上的那一天尽快到来。

王宫中一处宽阔的中庭地面上铺满了装饰用的地砖，各处都建有狮子喷泉、橘子树和白花岗岩建成的四角凉亭。虽然此处也曾一度被帕尔斯贵族和宫中奴隶的鲜血染污，但如今血痕已被完全打扫干净，即使远远不及昔日的华丽，却也不至于太不堪入目。那些不解风情的骑士或士兵则被禁止踏入此处。

鲁西达尼亚国王伊诺肯迪斯七世瞒着波坦大主教颁布了这些命令，并要求众人严格执行。因为就在面对着这个中庭的某处，软禁着一名女性。即使形式上是软禁，这位身为异教徒的妇人却被允许过着连鲁西达尼亚本国的贵族女子都望尘莫及的豪华生活。她就是帕尔斯王妃泰巴美奈。

伊诺肯迪斯七世每日必定会不止一次造访此处，请求和泰巴美奈见面。泰巴美奈总是以黑纱覆面，一言不发，原本应是征服者的鲁西达尼亚国王也只能问她些"有哪里不称心如意吗？"等不痛不痒的话，随即为了躲避波坦的耳目匆忙离去。然而，进入十二月后的某一天，伊诺肯迪斯七世却像期待着得到赞赏一样昂首挺胸对她说道：

"到了明年，我就不再是国王，而该被称作皇帝了。"

旧鲁西达尼亚、马尔亚姆、帕尔斯三个国将合并为新鲁西达尼亚帝国。而新帝国的皇帝伊诺肯迪斯，已经不仅是单独一个国家的国王"七世"了。

"那个，所以就是说，泰巴美奈夫人，世间都会认为皇帝需要一位皇妃。我也觉得这是正确的。"

鲁西达尼亚国王没能理解泰巴美奈沉默的含义。那究竟意味着否定还是肯定，抑或是她在等待着什么？伊诺肯迪斯七世无从得知。他是一个迄今为止都生活在单纯世界之中的单纯男人，善恶对他而言，一直犹如夏日的白昼和冬季的黑夜一般界限分明。而这位已经不算年轻的国王直到现在才终于依稀意识到，世上也有不能以这些标准清晰划分的事情。

III

这一天，在王都南门的广场上，举行了盛大的焚书仪式。即将被烧毁的"邪恶的异教书籍"多达一千二百卷，整座王立图书馆被一扫而空。大主教波坦站在堆积如山的书籍和旁观的人群面前大喊大叫。一名对学术感兴趣的骑士勇敢地，或许应该说冒失地对焚书提出了异议。

"即使是异教的书籍，不经过一番研究就将这么贵重的书籍全部投入火中烧毁吗？就算要烧掉，待到花些时间判断它们的价值之后也不迟啊！"

"混账冒渎者！"波坦狠狠踹着地面，"如果这些书中记载着与依亚尔达波特圣典一致的内容，那么只把圣典留在人世间就已足够了。如若记载着和圣典相反的内容，那一定是由恶魔狡诈的邪念所写成的，必须彻底销毁。无论如何，都该把这些书全部烧光。"

"可是连医学书籍都扔进火里，未免有些……"

脸颊上狠狠挨了一记耳光，骑士脚下一个趔趄。

"从心底敬仰着依亚尔达波特神的人绝对不会遭到病魔的侵扰。生病的人都是因为心中存在着邪恶的种子，因而受到了神的惩罚！即使是一国之君……"

波坦对坐在远处宝座上的国王投以狠毒的目光，继续提高了音量。

"即使是一国之君，若是产生想娶异教徒女人为妻的邪念之时，病毒也会化作神之权杖，给予骄纵之人沉重打击。心存邪念之人，尽快悔改吧！"

伊诺肯迪斯七世脸色苍白，松弛的身体颤抖着，那并非由于恐惧，而是不快。随侍在一旁的王弟吉斯卡尔公爵对此感到心满意足，这对他来说是一个极好的兆头。

波坦举起一只手，堆积如山的书籍上立即被泼满了油，火把随之落下。烈火熊熊燃烧，将一千二百卷书籍悉数吞噬。自帕尔斯建国前至今，人们历经千年积累下来的思考与感知的记录，就这样被侵略者的神明抹杀殆尽。

历史、诗歌、地理、医学、药学、哲学、农业、工艺……完成每一册书籍的过程中无数人倾注的辛劳与热情，在火焰中化作焦炭，最终归于灰烬。

尽管被鲁西达尼亚兵的铁甲行列阻隔在外，目睹了这番焚书光景的帕尔斯民众之中依然传出了压低声音的怒骂和哀叹。

人群之中，并排站着两名身披遮阳斗篷、兜帽拉得极低的男子。略矮一点的男子声音中透出苦涩的愤怒。

"把财物洗劫一空也就算了，竟然连文化也要烧毁殆尽。已经连野蛮人都无法形容他们的行径了，这简直是只有猴子才干得出来的事啊。"

"你看那个指挥他们的大主教，竟然还快乐地手舞足蹈。"

"把那个叫波坦的男人留给我来杀。国王和王弟之类的就交给你了。"

"好。"

这两个人正是达龙和那尔撒斯。

二人没有看完焚书的全过程，便离开了城门前的广场，走向道路错综复杂仿若迷宫的平民区。对焚书一事的怒火可以暂且放一放，他们现在必须去搜集与安德拉寇拉斯王以及泰巴美奈王妃有关的情报。

"依亚尔达波特一词，在古代鲁西达尼亚语里的含义似乎是'神圣的无知'。"

那尔撒斯一脸不愉快地边走边对达龙说明。

在他们的神话里，人类原本居住在四季常春的乐园中，没有任何烦恼和怀疑，幸福地生活着。然而后来他们吃下了被神禁止的智慧果实，便被赶出了乐园。这个神话令那尔撒斯感到非常不快，他认为这是一种把人类贬低为猪的思想。一个人，如果对矛盾不感到怀疑，对各种不公平不正当的行为不感到愤怒，根本还不如一头猪。可是为什么不仅是依亚尔达波特教，其他各种宗教都在劝谕人们不要怀疑、不要愤怒呢？

"你知道吗？达龙，他们灭掉马尔亚姆并入侵帕尔斯的理由，也都和他们圣典上记述的文章有关。"

"他们的神说过要把帕尔斯赠予他们？"

"没有明确说是帕尔斯。但是，据圣典记载，他们的神承诺要赐予信徒们世上最为美丽丰饶的土地。所以由他们看来，帕尔斯这样美丽丰饶的土地当然是属于他们的，我们才是非法占领者。"

"这也太不讲理了。"

达龙重新戴好兜帽，把落在前额上的几绺头发随手向后拢起。

"那么，鲁西达尼亚人是真心相信那个神所说的话吗？"

"这个嘛，到底是真心相信呢，还是只用它当作自己侵略行为的借口呢……"

若是后者的话，或许还可以站在与鲁西达尼亚人相同的立场上，通过外交手段试图解决事态。而倘若是前者，帕尔斯人不竭尽全力彻底击败鲁西达尼亚人便无法生存。无论如何，都必须想出击败他们的办法。

"倒是有几个办法可以随心所欲地操纵帕尔斯人。"

为了报答允诺自己担任宫廷画家一职的王子，那尔撒斯决心在力所能及的限度内竭尽全力尝试一切可能性。

"比如，若是以王子的名义释放帕尔斯全境的奴隶，向他们承诺彻底废除奴隶制度的话，即使其中只有十分之一的人肯拿起武器，也能组成五十万大军。虽然这种情况的前提是我们能够自给自足。"

原来如此，达龙点了点头。

"只是这样一来，我们就无法期待来自现在仍拥有奴隶的领主、贵族们的支援了。没有那种明知将要吃亏还愿意站在我们这边的老好人。"

"你不也身为戴拉姆的领主，却将奴隶们全数释放，还归还了领地吗？"

"因为我是个怪人啊。"

那尔撒斯甚至有些得意洋洋地说，然而他的表情突然变得苦涩。

"而且，就算释放了奴隶，也不是说就可以高枕无忧了。这之后要面对的事情才比较麻烦，不像坐在桌旁纸上谈兵那么简单。"

那尔撒斯出于自身经验才得出了这番结论。达龙故意没有继续追问。那尔撒斯晃了晃头，重新振作起精神，掰着手指开始细数打倒鲁西达尼亚军的几个策略。

"可以把旧巴达夫夏公国的土地当做诱饵，引诱辛德拉前去侵攻。也可以潜入马尔亚姆王国，煽动企图再兴的保皇派起义，断绝鲁西达尼亚军和本国之间的联系。或者，索性在鲁西达尼亚本国展开谍报活动，诱使留在国内的王族或贵族觊觎王位。当然也可以煽动鲁西达尼亚周边近邻国家，让他们攻击鲁西达尼亚本国……"

达龙心悦诚服地看着好友。

"你居然能接二连三想出这么多奇妙的策略来，果然和我这种纯粹的武人不可同日而语。"

"承蒙帕尔斯第一勇士这般赞赏，我深感惶恐。然而即使能想出一百个策略，会去实行的却只有十个，能够成功的就更是只有一个，仅仅是这种程度而已。如果一切设想都能实现，世上也就不会出现亡国之君了。"

两个人正准备走进酒馆。就算在战乱之中也有一些生意绝不会荒废——其中包括青楼、赌场、出售战利品和掠夺品的销赃铺子以及供做这些生意的人边喝酒边谈生意的酒馆。当然，这种地方也充满了大量不负责任的流言，能够打探到的情报甚至会超过聚集在场的人数。

一个帕尔斯兵步履蹒跚地从酒馆里走出来。显而易见，他应该是卡兰的下属，此时已经宣誓效忠鲁西达尼亚。带着六分醉意的士兵一头撞上正试图避开的达龙的肩头，骂骂咧咧地抬起头看了看兜帽下那张脸。他的表情随即骤变。

"哇！达龙！"

士兵惨叫着一跳三丈高，拼命推开周围的人逃走了。方才摄入的酒精早蒸发去了九霄云外，他逃得飞快，达龙根本来不及揪住领子把他拖回来。

那尔撒斯抚摸着下巴感叹道：

"尚未交手就逃走了，他还真有自知之明啊。"

接下来，二人跟在逃走的士兵身后。他们并没有拔腿飞奔，明知追不上那个士兵，况且他们原本就有自己的打算。

两个人刻意彼此空出距离，走向像迷宫一样的街道更深处。窃窃私语沿着建筑物的墙壁传来，悄悄监视着他们的眼线们一步不落地跟在后面。

没等那尔撒斯数到一千，就有四个把想要赏金这个意图写在脸上的士兵堵住了去路。

达龙早在十几岁的时候就得到了战士、狮子猎人的称号，也是万骑长之中最年轻的一位，甚至被称作"战士中的战士"。与他相比，敌人会认为那尔撒斯比较好对付也是理所当然的。然而这个选择也并没有使他们交到好运。他们的主导权仅仅持续到他们同时拔出四柄利刃为止。

那尔撒斯一口气跳向右侧的敌人，斜斜挥剑斩落。敌人顾不上闪避，匆忙举剑试图拨开那尔撒斯的剑。刀身碰撞的瞬间，那尔撒斯的剑在空中划出一条短短的银白弧线，狠狠斩上对方颈部。

巧妙地避过遮住视线的喷血，那尔撒斯轻轻单膝点地，立时挑起剑尖。只见逼近到眼前敌人的右手连同握着的剑一同飞上天空，喷出一道鲜血的彗尾。悲鸣尚未落下，赶回来的达龙手中长剑一闪，刺透了第三个士兵的胸口，士兵随即一头栽倒。

第四个士兵呆呆站在原地发不出声音。他一转头，看到达龙正朝自己接近，再转回头，那尔撒斯嘲讽的笑容出现在眼前。他丢下剑瘫倒在地，嘴巴徒劳地一张一合，扔出一个牛皮袋子。

袋口散开了，大约十枚金币和再多上两倍的银币滚了一地，然而达龙和那尔撒斯连看都不看一眼。

"我们想要的只有一件事，就是安德拉寇拉斯王的所在之处。"

"不知道！"士兵一开口，声音就接近惨叫，"只要知道绝对会告诉你，我还想活命，可是我真的不知道！"

"就算只是听说的也没关系。为了你自己，好好回想一下。"

那尔撒斯用温和的口气威胁道。士兵为了保住性命，可谓知无不言。

"安德拉寇拉斯王好像确实还活着。现在应该正被幽禁在哪里，但是卡兰除极少数亲信之外没有告诉过任何人，连鲁西达尼亚的将军们都不知道，他们似乎也对此事抱有不满。对了，还有一个不容忽视的传言……

"据说泰巴美奈王妃要和鲁西达尼亚国王结婚了——我听到鲁西达尼亚士兵们这么传言。他们的国王只看了王妃殿下一眼，就魂不守舍了。"

"什么……"

即使是无所畏惧的那尔撒斯和勇猛果敢的达龙，听闻此事也不禁哑口无言。

二人把被绑起来的士兵扔进垃圾箱，重新走在街道上。那个关于泰巴美奈王妃的传言也令他们无精打采。人如果死了倒是可以一了百了，活着的话，到底要面对多少困难的问题啊。

"巴达夫夏、帕尔斯，然后是鲁西达尼亚。接连把三个国家的君主迷得晕头转向，王妃殿下的美貌也真是一种罪孽啊。"

"说回来，若是王妃再婚的话，安德拉寇拉斯王恐怕就要有性命之忧了。不管哪里的国家都不允许重婚。即使陛下现在还活着，一旦成了迎娶王妃的绊脚石，也说不定会遭到毒手。"

"也说不定，鲁西达尼亚国王会以安德拉寇拉斯王的性命要挟泰巴美奈王妃嫁给自己啊。"

两个人就算再这样讨论下去，也得不出任何明确的结论。虽然不确定能收到怎样的效果，但他们决定再尝试一次之前的计策。如果没有效果的话，到时再考虑别的办法。一方面，他们需要收集足够的情报以证实刚才那个士兵所言非虚；而另一方面，即使足智多谋如那尔撒斯，都觉得再想一个新的方法实在是太头疼了。

他们相互约好，如果没有发生什么突发状况，就到原本准备要去的那个酒馆会合，便各自朝着不同方向走去。

不知道纯属偶然，还是说命运对每个人都很公平，达龙转过几个路口后，这一次，危险呼啸着向他袭来。

兆示着不祥的银色面具，出现在了达龙的眼前。

IV

倘若达龙和法兰吉丝一样，有着能听到非人类语言的能力，也许他就能听到伯父巴夫利斯从冥界对他发出的警告。

然而，即便他没有这种能力，他也已轻而易举地从初次碰面的对方身上嗅到了危险的气息。露骨的敌意和恶意仿若吹过沙漠的风，灼热的气息向达龙扑面而来。

达龙拔出长剑，迎上那股杀气。应该说这是战士的本能。

"尽耍些小聪明真是辛苦你了，蠢货。"

透过面具传来的低低笑声，和对方的外貌同样流露着不祥的气氛。二人不再过多交谈，对互为敌手一事彼此都心知肚明。

剑锋相撞的声音极其激烈。最初一回合交锋过后，达龙便连续不断地展开攻势，却没能伤及对方分毫。

对方的巨大力量，令勇猛为众人所公认的达龙也不禁感到一阵战栗。他改变了战法，停止攻击向后退下半步，尝试着转攻为守。

戴银面具的男人陡然踏出脚步，不断发起凌厉的攻势，然而如同刚才的达龙一样，迎接他的只有敌人滴水不漏的防御。

剑光纵横无尽地交错着，在空中划下残影。双方同时意识到，对方正是自己此前从未遇到过的强大对手。

白刃与白刃激烈地纠缠在一起，停止在空中。二人的脸急遽接近，两股呼吸声重合在一起，占据了彼此的听觉。

"可否报上名来。"

银面具冰冷的声音中透出赞叹之情。达龙迎上面具的细缝中透来的目光，短短地报上了姓名。

"达龙。"

"你是达龙？"

探索着记忆深处的疑问，只过了一瞬，就又化作充满恶意的嘲笑迸发出来。这番意外的反应令达龙不禁有些惊讶。

"真有意思。原来是那个巴夫利斯的侄子。难怪……"

这么强——银面具把差点冲口而出的话语生生咽了下去，双眼中放出恶意的光芒，整张面具都在换做达龙之外的人可能已经汗毛倒竖的笑声中震动着。待到笑声停息，他向达龙傲然坦白。

"告诉你。斩下你伯父巴夫利斯那颗白发苍苍的项上首级的人，正是我。"

"什么！？"

"安德拉寇拉斯的走狗，遭到了他应得的报应。你也想学学他的死法吗？"

缠斗的剑锋彼此分开的一瞬，达龙的长剑呼啸着划破长空，其激烈迅猛完全出乎银面具的意料。他手中的长剑挡了个空，徒劳地在空中挥舞。达龙劈面一剑向他斩下。

银面具"啪"地发出一声呻吟，断成了左右两半。男子被遮得严严实实的真实容貌暴露在了空气之中。他冲动地大叫起来。

映入达龙视野的是——两张脸。被一分为二的银面具下面，是一张和达龙年龄相仿的年轻男子的面庞。左侧白皙秀丽的面容，和右侧被烧得红黑溃烂、惨不忍睹的面容，同时存在于同一张脸的轮廓之中。

在连一秒钟都不到的短暂瞬间中，这张脸已经深深刻进了达龙的视野。男子举起左手遮住脸，双眼迸射出血光狠狠瞪着达龙，随即出手还击，长剑寒光一闪刺向达龙。

达龙迅速向后跳去，然而敌人的剑锋凝结了憎恶和愤怒之情，其锐利绝非先前可比。剑刃仿佛毒蛇昂首吐信般穷追不舍，纵使是达龙这般勇将也乱了步调，脚下一个踉跄。

失去了银色面具的男子眼看便要发出夺命一击，却猛然改变了剑锋的朝向，勉勉强强挡下了从侧面横扫而来的刀身。顺着男人凌厉的视线望去，那尔撒斯就伫立在那里。

"喂喂，你不准备问问我的名字吗？你不问的话，我都不好意思先主动自报家门呢。"

从挡住脸的左手和斗篷阴影之间，男子的目光化作杀气腾腾的箭矢射向那尔撒斯。然而那尔撒斯不为所动——至少在表面上。

"你是谁，小丑？"

"虽然这问法真让人不爽，不过既然你问了，我也只好报上名来了。我的名字是那尔撒斯，在下一任帕尔斯国王的朝中担任宫廷画家。"

"你是宫廷画家？！"

"和艺术无缘的你可能不知道，但是通晓艺术的人都将我称作画圣马尼再世。"

"谁这么叫你啊！"

重新调整好体势的达龙低声说道。看着完全控制好呼吸和心跳的他，银面具不得不意识到，胜机已经离自己远去了。不仅战力上是一对二，自己还不得不单手遮住自己的容貌，只靠剩下的一只手与两名强敌交战。又或许，他回想起了地下室里那位深灰色衣服的老人所作出的预言。

"待到日后再一决胜负。今天就暂且先算作平手。"

"你就只会在固定的场面上说出固定的台词吗？今天能做完的事情可没必要拖到明天哦？"

失去了银色面具的男子无视了那尔撒斯的挑衅，只是单手遮挡着自己的脸，巧妙地避开被两面夹击的危险，向后退去。

"再会了，蹩脚画家，下次见面之前可要好好提高你的画技啊！"

原本这只是无根无据的随口辱骂，然而那尔撒斯的自尊却深深受到了伤害。未来的宫廷画家一语不发地迅速策马上前，一剑划破长空，斩向出言不逊的男子。

失去了银色面具的男子接下了这一剑并顺势转身，动作与其说是巧妙不如用优雅流畅来形容，别说那尔撒斯，就算是达龙也无机可乘。

银面具钻进狭窄的小路，踢倒摆在墙边的木桶和酒樽，挡住了二人追击的脚步。当披风一角消失在第一个路口时，效命于亚尔斯兰的两名骑士便放弃了追赶的念头。达龙拍了拍好友的肩。

"这家伙，虽然不知道是谁，但是剑术可真是惊人啊。如果没有你及时相助，恐怕我已经被他一击毙命了。"

"那些都无所谓了，他可真是个令人不爽的家伙，竟敢叫我**蹩脚**画家。不懂文化艺术的家伙们觍着脸四处横行，该说这是末世之象吗？"

达龙沉默了。

"对了，那个人好像和你伯父渊源很深啊，是认识他很久的人吗？"

"我也在想这个问题，但是怎么都想不起来。原以为他戴那个面具是虚张声势，看来也并不是那样。脸上有那么严重的烧伤，还真是没办法不遮挡起来啊。"

那尔撒斯点头赞同着达龙的说法，脸上却露出尚未完全释怀的表情。

总觉得事情不会只是这么简单。虽然佩戴面具是因为不想被看到真实的容貌，但是在未知的土地上面对陌生的人们，就应该不再需要担心这个问题才对。虽然如果没有那片伤痕，也许那尔撒斯就能比想象中更加轻而易举地回想起他是谁……

V

在鲁西达尼亚军的铁蹄践踏下重归荒废的一个村子的农家院落里，聚集了一支规模虽小但齐心团结的反鲁西达尼亚势力。亚尔斯兰、达龙、那尔撒斯、法兰吉丝、奇夫、耶拉姆。每个人都很年轻——耶拉姆甚至刚刚才满十三岁。然而，在强大的鲁西达尼亚军面前，他们的反抗就像螳臂当车，并不一定能迎来丰饶的未来。

当得知自己的母亲泰巴美奈王妃即将被迫和鲁西达尼亚国王结婚时，亚尔斯兰受到了极大的冲击。

不管是那尔撒斯还是达龙，原本都打算向他隐瞒此事，然而一旦举行婚礼，即使再不情愿，这个消息也会被亚尔斯兰知道。纸是包不住火的。

王子已经一言不发地在房间里踱来踱去了好一阵子，骑士们也都沉默地凝视着他。

"刻不容缓，我一定要尽快救出母后。"

亚尔斯兰终于停下了脚步，咬紧牙关低声说道。他那美丽的母后，对自己的儿子总有哪里显得有些冷淡。第一次骑马的时候、去狩猎的时候，虽然都得到了母后的称赞，然而她的称赞也总有些缺乏温暖。

"因为王妃殿下只重视自己……"

亚尔斯兰也曾听到过宫女们这样窃窃私语。或许她们说得没错，但无论如何泰巴美奈毕竟是他的母亲，作为儿子必须拯救自己的母亲。

"一定要救出母后，趁她还没有被迫和鲁西达尼亚国王成婚……"

亚尔斯兰重复着。

达龙和那尔撒斯悄悄交换了一下视线。王子会这样想是再理所当然不过的，然而对于势单力薄的他们来说，若把救出王妃当做最优先目标，就会使他们今后在战术上的可选范围明显变得狭窄。

"那个说谎的王妃殿下，该不会是用美色诱惑鲁西达尼亚国王，以维护自身安全吧？她绝对是做得出这种事的女人啊……"

奇夫发挥着不逊的想象力，虽然他还是无法把这些话说出口。在追随亚尔斯兰的四人之中，只有他的加入理由没有太大的必然性。但他相当享受着自己现在的立场。既然听说那尔撒斯将来会成为宫廷画家，那么也让王子任命自己为宫廷乐师吧，他这样想。

绿眼睛的法兰吉丝同情地望向王子。

"殿下，请您稍安毋躁。虽然鲁西达尼亚国王很希望和您母后结婚，但从鲁西达尼亚人看来，您的母后却是一名异教徒。国王身边的人应该不会轻易认可这桩婚事。所以我认为，最近暂时还不会演变成最坏的事态。"

"正如法兰吉丝小姐所说。若是国王强行成婚，将会引发众人——尤其是圣职者的反对，如若怀抱野心的王族或贵族乘机从旁插手，也许就会爆发内乱。他们应该不会如此鲁莽。”

达龙也跟在后面说道。

“虽然或许会令殿下感到不快，但如此看来，王妃殿下遭到危害的可能性乃是极低的。至于国王陛下，他至少目前仍然活着，所以我们一定能找到机会将他救出险境。”

他们都明白，这些道理本身没有错，然而一个十四岁的少年能否接受，便又是另一个问题了。尽管这样有些残酷，但他们更希望亚尔斯兰能够将作为一国王者应有的气度和责任置于个人义务之上。

终于，亚尔斯兰垂下了肩膀。

“无论如何，我们现有的人数太少了。该怎样做才能增加同伴的数量呢，那尔撒斯？”

那尔撒斯顿了一下方才答道：

“完全的正义，是无法在全天下施行的。但是，比迄今为止帕尔斯的国政或是鲁西达尼亚的暴虐更好的施政，却是完全有可能存在的。即使我们无法将世上一切的不合理悉数铲除，但至少，将其数量减少还是能做到的。若是帕尔斯人民得知殿下将来会这样做，自然不愁会有新的同伴加入我们。王位的正统性不是靠血缘证明的，而是由治理国家的正确性保障的。”

这是个一针见血直达本质的意见，然而亚尔斯兰期待着的，是更加直截了当的策略。那尔撒斯也明白这一点，便继续说道：

"恕我无礼，但是身为王者之人不应以策略或武勇为傲，那是臣下应做的事情。"

看着面红耳赤的亚尔斯兰，那尔撒斯含了一口葡萄酒。

"首先请殿下明确自己的目标，我们会帮助您将其实现。"

"待到鲁西达尼亚人彻底征服帕尔斯时，他们一定会开始扑灭帕尔斯的文化。他们会禁止帕尔斯语使用、强迫帕尔斯人把名字改成鲁西达尼亚风格的、破坏帕尔斯神话中诸神的殿堂、在所到之处尽皆建起依亚尔达波特神殿。"

"真的会这样吗？"

"野蛮人就是这样。他们无法理解别人也有珍视的事物。毁掉神殿尚且不论……"

那尔撒斯把酒杯放回桌上。

"依亚尔达波特教中对异教徒有三种处置方式。对于积极主动改教的人，姑且保障他们的财产，允许他们成为平民。被强制改教的人，将会被没收全部财产，降为奴隶。无论如何都不改变信仰的人就……"

奇夫伸出手指指在自己的咽喉上，用力横着一划。那尔撒斯点了点头，凝视着陷入沉思的亚尔斯兰。王子两颊泛起红潮。

"决不能让帕尔斯人民遭受到这样的对待。为此我该怎样做才好？虽然我经验尚浅，还望大家助我一臂之力。"

连同耶拉姆在内，五人一同注视着王子。最后，达龙代表全员答道：

"虽然只有绵薄之力，但我们非常乐意帮助殿下将鲁西达尼亚侵略者赶出国土，为恢复帕尔斯和平而尽力。"

"感谢各位，今后也要有劳你们了。"

亚尔斯兰目前还只有些隐隐约约的预感。他还没有意识到，从这一天起，自己将不得不踏上寻找自我的漫长旅途。年仅十四岁的他还很青涩，和围绕在自己身边的战士们相比、和大群的敌人相比，都是相当弱小的存在。他肩上背负着的众多责任之中，最重要的一个，恐怕就是让自己尽快成长起来。

VI

监狱的地下，还另有一间牢房，与地面上的诸多牢房之间远远隔着厚重的墙壁、大门和漫长的台阶。通向这间牢房的一路之上都把守有全副武装的士兵，若有人企图入侵，恐怕离目的地还有很远就会被拦下来吧。

这间牢房里关押的唯一一名囚犯，是一个以筋骨强健为傲的中年男人，虽然长期未曾修剪的头发和胡子浓密而凌乱，但他仍然比拷问他的人们显得更加威风凛凛。

他正是在被外界认为不知去向的帕尔斯国王安德拉寇拉斯。

尽管全身伤痕密布、血迹斑斑，但安德拉寇拉斯仍然活着。正确来说，是故意被留着性命。每当拷问官的拷问告一段落，就会出现一名体格看上去只有拷问官一半的瘦弱医师，为其进行治疗。医师用酒擦洗净他全身鞭痕和烙铁的烫伤，涂上药油，并裹上浸泡了药草汁液的绷带，随后撬开他的嘴灌下药酒，让他好好睡一觉。而当男人强健的肉体恢复了抵抗力，拷问官便再次开始自己的工作。

拷问和治疗的循环，持续了几天几夜。其中有一次，男人靠着自己的臂力挣断了铁链，自那之后，捆绑他的就变成了原本用于囚禁狮子的铁链。

单调而残酷的日子，在某个时刻发生了变化。地下深处的牢房中，迎来了一位客人。把憎恶和怨恨混合在一起细细研磨、再以复仇的火焰烧制而成——这样的气氛，弥漫在客人戴着的那副全新的银色面具上。

拷问官们恭恭敬敬地迎接戴银面具的男子到来。监狱中的每一天，也考验着这些负责拷问的人的忍耐力。无论什么样的变化，都会受到他们的欢迎。

"他的情况如何？"

虽然很虚弱，但是没有生命危险——拷问官之中的代表者这样答道。

"那就好。不要杀了他。"

戴银面具的男子的语调像歌唱一样抑扬顿挫。

"再重申一次，绝对不能杀了他。一定要等到让他亲眼看到自己儿子的首级之后再杀掉他。"

感到安德拉寇拉斯王向自己投来的微弱视线，银面具低声笑了。

"安德拉寇拉斯啊，正如传闻所言，你的嗣子仍然活着。不过也活不了太久了。他活着也只是为了被我找到，好亲手杀掉而已。"

戴银面具的男子把脸凑近囚犯：

"你知道我是谁吗？"

"……"

"还认不出来吗？那我就告诉你。你应该不会没听说过。我名叫席尔梅斯，欧斯洛耶斯是我的父亲。"

"席尔梅斯？"

"对，我就是席尔梅斯。先王欧斯洛耶斯的嫡子，同时也是你的侄子，并且是——帕尔斯真正的国王！"

安德拉寇拉斯没有说话，铐住他双手的铁环却发出了些微的声响。戴着银面具的男子重重吐出一大口气。

"很吃惊吧，还是说连吃惊的力气都没有了呢。很不巧，你非法登基的时候，我并没有被杀死。趁着守护你的恶神走神的时候，我从那场大火里逃了出来。"

男子摘下了面具，整张脸便暴露在安德拉寇拉斯面前。

"这是被你烧毁的脸。好好看着！不许背过脸去。给我好好看看你十六年前犯下大罪的铁证。"

面具下露出的那张脸，正是此前达龙也曾目睹的那一张。半张脸上眉清目秀是他本来的相貌，半张脸却成了被献给火神的祭

191

品，而它们同时共存于同一个轮廓之中。安德拉寇拉斯散乱的头发之间似乎透出浑浊的目光，很快又疲劳不堪地垂下头去。

"我才是帕尔斯正统的国王。"

重新戴好银色的面具，席尔梅斯轻声重复着自己的主张。

"你绝对想不到，为了夺回正统的王位，这十六年我是如何苦苦坚持下来的。不必再回忆过去，你只要想想今后你的妻子和儿子以及你自己将要面对什么样的未来就行了。"

声音停止了，脚步声随之响起。戴着银色面具的席尔梅斯从列成两队恭恭敬敬夹道行礼的拷问官之间离去的一幕，映入了因犯的眼帘。叔侄二人暌违十六年的重逢就此落下了帷幕。

目送着席尔梅斯的背影，安德拉寇拉斯双眼亮了起来。先前还只有针尖般微弱的光芒迅速充满了他的瞳孔，迸发出来。仿若冰冻的毒酒一样的冷笑浮现在安德拉寇拉斯王的脸上。

国王纵声大笑。被赶下王座、夺去国土，如今连王位的正统性都遭到了否定的男人狂笑着，连捆绑在他周身的锁链都随之发出声响。

安德拉寇拉斯的笑声不断回荡在地牢的四壁之间，除他本人之外再无人知晓这笑声的原由。

——帕尔斯历三二〇年。国王安德拉寇拉斯失踪，王都叶克巴达那陷落。帕尔斯王国就此灭亡。

(帕尔斯王室家系图)

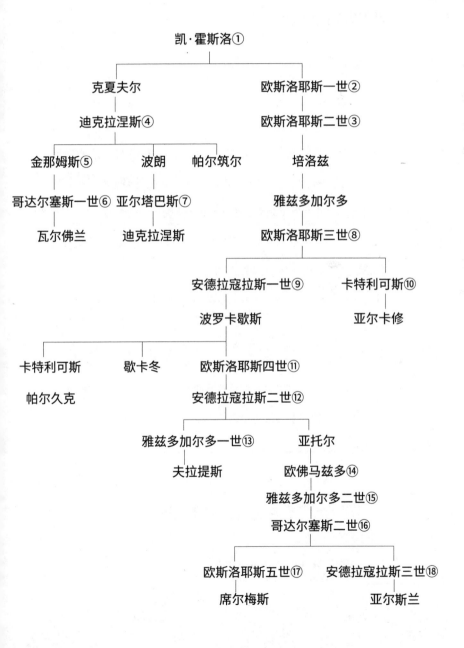

类似于后记的东西

田中芳树

在十二世纪的英国，有一本名叫《不列颠诸王史》①的书，作者据说是牛津大学的教授。它成书时间比托马斯·马洛礼爵士的《亚瑟王之死》更早，书中描写了著名的亚瑟王和圆桌骑士们的事迹。

在这本书中，亚瑟王统一不列颠全岛后，以全欧洲的支配权为赌注向暴虐的罗马皇帝宣战，连战连胜，最终攻陷了罗马、打倒了皇帝，自己作为全欧洲的王，戴上了罗马皇帝的皇冠。然而不久后，庶子莫德雷德向他竖起反旗，他不得不返回英国本土，一番死斗之后与之同归于尽——故事就是这样的。

当然，这是个和历史事实相反的传奇故事（romance），然而作者蒙茅斯堂而皇之地将它当做历史书出版了。为了完成这部架空的"历史书"，他付出了很多心血和汗水。

我非常喜欢上面这个故事。我喜欢被创作出来的故事，也喜欢在不能带来利益的故事创作上倾注了热情的人们。虽然很讨厌掺杂了政

---

① 《不列颠诸王史》（*Historia Regum Britanniae*），作者为英国历史学家蒙茅斯的杰佛里（Geoffrey of Monmouth）。

治目的以及为向当权者献媚而捏造出的故事。

正因为喜欢被创作出来的故事，我才想成为一名创作故事的作家。这次我也不自量力地想，是否能在前文所提到的《不列颠诸王史》之中融入《三个火枪手》《铁面人》《南总里见八犬传》《水浒后传》等等要素，混合在一起，烹制出一道味道有趣的汤品来呢。此前已经写过一部以未来宇宙为舞台的历史小说了，因此这次就以过去的地球或是异世界为舞台——这样考虑，是否有些太轻率了。

总之，虽然热情远远不及伟大的先驱者蒙茅斯，但我也想烧出一锅属于自己的汤来，便开始着手动工了。

唐朝的长安啊、奥斯曼土耳其帝国啊、伊尔汗国以及拜占庭帝国，等等，再三辗转，最终将舞台定在了中世纪的波斯。当然，不是现实中存在的中世纪波斯，而是与之极度相似的异世界国度。所谓"帕尔斯"便是中世纪波斯王朝的发祥地法尔斯的方言读法。

作品中的人名和地名，也均出自被伊斯兰征服前的波斯历史传说。严格来说，古代波斯和中世纪波斯的人名风格似乎也应当有些不同，这一点就还请各位多多海涵。

说到海涵，本作中使用了大量波斯风格的名词，而且全都是随意使用的，这也许会使认真研究过波斯历史文学的各位读者感到不快。把舞台设定为异世界，也正是为了避免这一点。本作仅仅是一个架空的故事，还望诸位多多海涵。

一方面，入侵帕尔斯的敌国军，是根据十字军、征服美洲大陆的西班牙军的形象创造出来的，因此他们看起来无恶不作，在故事的现阶段也是没有办法的事情。倘若各位看过阿敏·马洛夫写的《阿拉伯人眼中的十字军东征》，应该就会了解十字军打着神的旗号做了多少穷凶极恶、丧尽天良的事情。通过罗宾汉的传说和《艾凡赫》等作品而深受日本人喜爱的"狮子王"理查德一世，在攻陷阿卡城、捕获两千七百名俘虏时，向阿拉伯索要二十万枚金币的赎金，遭到拒绝后便将俘虏全数虐杀。而另一方面，阿拉伯主将萨拉丁在占领耶路撒冷的时候，却允许全部俘虏携带自己的财产安全撤离。若是说这两人是势均力敌的对手，至少对萨拉丁来说是很不公平的。

这个世界的事姑且按下不表。在帕尔斯存在的世界中，当然也还有另外的一些国家，在第一卷中遭遇了故国被夺、王都沦陷、双亲被俘的亚尔斯兰，未来或许会走遍这些国家。只是，在那之前，无论作为统治者还是作为战士都尚未成熟的他，仍然需要大幅度的成长——至少也要成长到能够完全掌控目前仅有的四个半部下的程度才行。否则《亚尔斯兰战记》这个标题就没有意义了。

目前，亚尔斯兰对部下们而言还仅仅只是一个负担。希望他今后能够快速成长，顺利通过坏心眼的作者为他设下的危险、战乱、阴谋、灾难、死亡等各种历炼。而如果各位读者能为尚不可靠的主人公以及陪伴在他身边的人们送上声援，烹调浓汤的厨师也一定会信心大增。

当平原上的浓雾散尽之时……

上桥菜穗子（作家／川村学园女子大学特任教授）

　　广袤的平原上，雾气正浓。

　　在这雄伟的景象之中，这篇漫长悠远又波澜壮阔的历史故事徐徐拉开了帷幕。

　　最近很少能读到这样一翻开书页就会被带到某个宏大的世界之中的故事了。

　　当我还是大学生的时候（已经是三十年前的事情了），书店里总是陈列着大量场面壮观的国内外冒险小说、科幻小说，然而不知从何时开始，那些气宇恢弘的冒险和科幻小说变得不常能见到了。

　　虽然描写身边半径数米之内这样亲近的日常琐事的小说也不错，但我仍然更喜欢能感受到风吹过苍茫大地的故事。

　　站在和日常生活完全不同的地方，成为和自己截然不同的另一个人，在不受常识束缚的人生道路上飞奔……我很喜欢能够带来这种体验的故事。

　　也许有很多人会觉得，再远离日常的故事，说到底也不能改变自己现实中的每一天，那种书就只是一种逃避文学而已。但事实上，"日常的力量"非常强大，根本没有那么容易逃离。

正如过去的科幻小说，会把沉浸在日常之中——对日常生活太过于习以为常以至于没有意识到自己沉浸其中——的人的双眼，带往遥远深邃的宇宙，给予他们眺望地球的视野。将人们带离日常生活的作品中确实存在着只有在这个作品中才能看到的景色。

自从《哈利·波特》的热潮席卷全球，总觉得"奇幻"题材似乎被大家误解成了"以诸如魔法这样不存在于世界上的手段去解决各种问题的故事"，奇幻作家也总被误会成比起描绘现实更喜欢描绘美梦的一群人。而事实上，若想描绘出"不存在于此时此地的梦想"，反而必须拼命思考我们所生活的现实世界，以及使这个世界成立的各种基础条件。

不如说，描绘奇幻的异世界的人，才是对现实世界非常留意，无法对其停止思考的人。

《魔戒》的作者J. R. R. 托尔金是一位学者，《地海传奇》的作者厄休拉·K. 勒古恩的父亲是著名的人类学家，她的知识积淀之深厚，从作品中亦可见一斑。我也曾学习过人类学，若从未有过在这个领域的学习经验，或许我就无法创作出《守护者系列》及《兽之奏者》等作品。

如果不对自己所处的这个世界进行认真思考，便无法创作出让读者能够生活在其中的异世界。

人们生活着的这个世界的气候以及风土、人们所创造出来的经济浪潮、宗教的现状以及控制着人群的政治、军事局势……

从过去的历史中学到的事物，在现在的世界中看到的事实，正是对这些事物充满兴趣和好奇的人，才更加适合描绘那种构筑了一整个异世界的长篇历史故事吧。

而热切地关注着人世间的构造、透过政治的表象看到人们的愚蠢和罪恶、热爱学习历史、对学习这种行为本身抱有敬意的田中芳树，正是一位具备了以上所有资质的作家。

大学时代遇到田中芳树的《银河英雄传说》，使我受到了很大的震撼。战略和战术的各种含义交织汇聚成一部精彩的连续剧，当年的我为那仿佛身临其境一般的展开兴奋不已，翻来覆去反复咀嚼无数遍仍不满足，又向经济宽裕的朋友借来动画版录像带满心雀跃地观赏，这段回忆现在想来仍然十分怀念。

当时我也正准备去考硕士，所以对作者是博士毕业一事也备感亲切，在访谈还是其他的什么地方看到"就算写了论文也收不到读者来信"这句话，觉得太帅了！自己也梦想着有一天能说一次这句台词。

现在回想起来，会被《银河英雄传说》如此吸引，就是因为对田中芳树"描绘故事的视角"有所共鸣。

不将特定的任何一位角色固定为主角，使读者能够对对立阵营的双方都抱持着好意，去了解各自阵营的情况，这种写作方式深深吸引了我。当然还有作者一边描写人类的愚蠢，一边不断探求如何拯救这些愚行的姿态。

本书《亚尔斯兰战记》开篇之初，比一切都令我开心的是，故事世界里那种扑面而来的亚洲风情。

以波斯为中心，甚至还能感到突厥的气息，的确令人喜出望外。当时的日本，欧美风格的奇幻作品比较多，很难见到这样的异世界。

无论是从波斯（现在的伊朗）那充满魅力的文化看来，还是从与欧洲大陆、印度、中国也相互关联交织的历史看来，都会令我觉得，原来如此，确实很难再找到更有趣、更适合成为这部作品的舞台的国度了。波斯正是如此充满魅力。

几年前去伊朗旅行的时候，我曾迷醉于沙漠中突然出现的绿洲城市伊斯法罕之美，惊叹于这里的历史之深厚，并为这里的人们热爱诗歌、敬重诗人的心深深倾倒。与此同时，如果只待在日本看着电视上的报道，完全无法在脑海中描绘出伊朗的这番风景，这个事实也使我感到愕然。

在世界上，有着只从一侧的视角无法看清全貌的事物。

而伊朗（波斯）就仿佛是这类事物的代表。早在二十六年前便选择此处作为舞台的田中芳树，的确是一位颇具慧眼的有识之士。正因为是由这样的视角描写而成，才使这篇故事即使历经漫长的年月，仍不会显得陈旧。

每一天，都会有成千上万的新书出版，又不知何时悄然消失。在这千千万万的书籍之中，经过了二十六年之久仍能再度迎来文库化，这个惊人的事实正是本书魅力的最有力证明。

一群不那么简单的人，纵横活跃在不那么简单的舞台上。

马蹄扬起的沙尘、刀光剑影、以及如风一般疾驰的战士们……

和他们并肩奔跑过这片大地，一路上见证人们的愚蠢和由此诞生的一切，并等待着终点的景色。翻开本书，这个世界正在等待着你。

笼罩在平原上的浓雾正在缓缓散去，而等待在那前方的又是什么呢……

来吧，纵身跃进故事的异世界中吧。